主编　王泉根

少年阅享世界文学名著经典读本（简写本）

雾都孤儿

（英）查尔斯·狄更斯 著　郑开辉 安然 改写

苏州大学出版社
Soochow University Press

图书在版编目(CIP)数据

雾都孤儿/(英)查尔斯·狄更斯著;郑开辉,安然改写.—苏州:苏州大学出版社,2016.7
(少年阅享世界文学名著经典读本:简写本/王泉根主编.第二辑)
ISBN 978-7-5672-1573-3

Ⅰ.①雾… Ⅱ.①查… ②郑… ③安… Ⅲ.①长篇小说—英国—近代 Ⅳ.①I561.44

中国版本图书馆CIP数据核字(2016)第167314号

少年阅享世界文学名著经典读本(简写本)第二辑
雾都孤儿
(英)查尔斯·狄更斯 著　王泉根 主编　郑开辉,安然 改写

责任编辑　张　希
装帧设计　刘　俊
出版发行　苏州大学出版社
(苏州市十梓街1号　邮编:215006)
(网址:http://www.sudapress.com)
排　　版　镇江文苑制版印刷有限责任公司
印　　刷　苏州市大元印务有限公司
开　　本　700 mm×1 000 mm　1/16
印　　张　9
字　　数　180千
版 印 次　2016年7月第1版　2016年7月第1次印刷
书　　号　ISBN 978-7-5672-1573-3
定　　价　18.00元

苏州大学出版社营销部　电话:0512—65225020

导　读

英国19世纪伟大作家狄更斯的第一部社会小说《雾都孤儿》(或名《奥立弗·退斯特》),是英国文学批判现实主义的杰作,在世界文学史上占有重要的地位。自问世以来,已经成为各国读者最喜爱的经典作品之一。

查尔斯·狄更斯(1812—1870)出生于英国波特西的一个贫苦家庭。父亲原是海军中的小职员,由于挥霍无度而债台高筑。在狄更斯十岁时全家被迫迁入债务人拘留所。狄更斯十一岁起就开始独立谋生,到皮鞋油作坊当学徒。艰难、屈辱的生活使他对下层人民抱有深切的同情,特别关心社会政治问题。十六岁时他到一家律师事务所当缮写员,后又担任报社的采访记者。上过两三年学,主要靠自学获得广博的知识。他从1828年到1836年同时为几家报纸撰稿,业余到大英博物馆勤奋学习。1836年底出版了第一部长篇小说《匹克威克外传》,从此一举成名。次年,二十五岁的狄更斯写出了这本《雾都孤儿》。在此后的三十多年里,他创作了十几部长篇小说,大都成了世界文学宝库中的名著,如《老古玩店》《大卫·科波菲尔德》《荒凉山庄》《艰难时世》《双城记》等。他本人也进入了世界著名作家的行列。

《雾都孤儿》是狄更斯的第二部长篇小说。这部小说勇敢地直面人生,真实而深入地表现了当时伦敦贫民窟的悲惨生活。年轻的狄更斯抱着一个崇高的道德意图,抗议社会的不公,以期唤起社会关注,推行社会改革,使生活在水深火热之中的贫民得到救助。正因如此,马克思在他的《英国资产阶级》一文中列举了以狄更斯为首的一批英国杰出小说家，说“他们通过自己描写生动的杰作向世界揭示的政治和社会真理，比所有的职业政治家、政论家和道德家加在一起所揭示的还要多”。

《雾都孤儿》通过一个出生于济贫院而又沦落在贼窝里的孤儿奥立弗·退斯特的悲惨遭遇，揭开了英国社会最底层的生活画面，这里充满了贫困、饥饿、耻辱、痛苦与罪恶堕落。作者爱憎分明，以高度的艺术概括、生动的细节描写、妙趣横生的幽默语言和细致入微的心理分析，塑造了个性鲜明的人物形象，整部作品有着强大的感染力。小说后来还被改编成连环画、电影、动画片，搬上了荧屏。

小说主人公奥立弗·退斯特是一个令人深切同情的孤儿。从出生的那一刻起，就被打上了苦难生活的烙印。他不堪凌辱，逃出了济贫院及棺材铺，却又落入了以费金为首的以偷盗打劫为生的团伙之中。在那充满欺诈、堕落和罪恶的贼窟中，他的身心受尽了非人的折磨。但他善良的本性未泯，时常试图逃出魔窟。狄更斯在小奥立弗身上着力表现了自己的道德理想，使这个可怜的孤儿始终真心向善，最后终于获得了正常人的生活。

狄更斯还塑造了另一个令人唏嘘的感人形象——南希姑娘。这是一个不幸的姑娘，自幼沦落贼窝，并成了书中第二号贼首赛克斯的情妇。除了绞架外，她看不到任何别的希望。南希这个人物形象内心世界无比复杂丰富。她天良未泯，不忍看着天真纯洁的奥立弗也成为那些罪恶累累的盗贼中的一员，终于冒着生命危险向梅莱小姐和布朗罗先生通风报信，救出了奥立弗。但她又无力挣脱赛克斯，走上新生的道路，最后惨死在赛克斯之手。

小说中最重要的反面人物，十恶不赦的第一号贼首费金，被狄更斯刻画得活灵活现。狄更斯在这部小说中运用了大量的巧合，如奥立弗第一次偷盗的竟是父亲的好友，第一次参与打劫的竟是亲姨妈家，等等，但看起来丝丝入扣，毫无生硬之感。他还精心构思了众多的细节，不但真实地描摹了人物的客观形象，而且深刻地切入人物的内心世界,表现了他超凡出众的艺术想象力。狄更斯善于运用夸张的艺术手法突出人物形象,用他们的习惯动作、姿态、言语来揭示他们的内心世界和精神面貌。他还善于从生活中汲取生动的语言,以人物特有的语言来表现人物的特点和性格。那个愚蠢、贪婪、冷酷的教区干事“邦布尔”在英语中已成了骄横小官吏的代名词。狄更斯堪称杰出的语言大师,擅长运用讽刺、幽默和夸张的手法,小说中的人物风貌和语言风格富有浓厚的浪漫主义色彩。

这本书由于篇幅所限,未能将狄更斯那些充满机智锋芒的幽默语言一一展现,但已能见一斑而窥全豹。读者自可从中找到阅读的兴趣并感受到这个伟大作家的非凡的艺术感染力。狄更斯的小说经过各种现代批评理论的发掘和阐释,永久保持着不同读者的鉴赏兴趣和学者的研究热情,不断产生着发人深省的新意。

目　录

第一章

在济贫院长大的孤儿奥立弗·退斯特，童年受尽了种种磨难，一踏进社会，就到一家棺材店里当学徒，由于不堪忍受老板娘及师兄的欺凌，他第一次出走了。

这是离伦敦很远的一个小城，那里的公共建筑中也有一个古已有之的机构，这就是济贫院。本书的主人公就出生在这所济贫院里。

这孩子由教区的外科医生领着，来到这一个苦难而动荡的世界。在很长一段时间里，这里存在着一个相当伤脑筋的问题，这样的孩子到底能不能有名有姓地活下去。而现在，对奥立弗·退斯特来说，这也许是他最幸运的事了。不瞒你说，当时要他自己承担呼吸空气的职能都相当困难。好一阵子，他躺在一张小小的毛毯上直喘气，在今生与来世之间摇摆不定。奥立弗与造物主之间的较量终于见了分晓，几个回合下来，奥立弗呼吸平稳了，打了一个喷嚏，发出一阵高亢的啼哭。作为一名男婴，哭声之响是可以想见的。这哭声向全院上下公布了这样一个事实：本教区又背上了一个新的包袱。

这时，铁架床上胡乱搭着的那张补丁重重的床单“唰唰”地响了起来。一个年轻女子有气无力地从枕头上抬起苍白的脸，用微弱的声音吐出了几个字：“让我看一看孩子再死吧。”

外科医生面对壁炉坐在一边，时而烤烤手心，时而搓搓手背，听到少妇的声音，他站起来走到床边，口气出人意料的和善：“噢，你现在还谈不上死。”

“上帝保佑，她可是死不得，死不得。”护士辛格密太太说，“等会儿她就明白了，犯不着这样激动，死不得的，想一想当妈是怎么回事。可爱的小羊羔在这儿呢，你看看。”

辛格密太太是想用做母亲的前景来开导这年轻的女子，但显然没有产生应有的效果。产妇摇摇头，朝孩子伸出手去。

医生将孩子放进她的怀里，她深情地把苍白冰凉的双唇印在孩子的额头上，接着用手擦了擦脸，迷乱地环顾了一下四周，战栗着向后一仰——死了。他们急忙按摩她的胸部、双手、太阳穴，但她的血液已经永远凝滞了。医生和护士说了一些希望和安慰的话，但毕竟都太晚了。

“一切都结束了，辛格密太太。”医生说道，转身走了。

奥立弗尽情地哭了起来。他要是能够意识到自己成了孤儿，命运全得看教区委员会和贫民救济处的官员发不发慈悲，可能还会哭得更响亮一些。

接下来的八个月，也可能是十个月，奥立弗成了一个有组织的背信弃义与欺诈行为的牺牲品。济贫院当局将这名孤儿嗷嗷待哺的情况上报教区当局，谦恭地说，眼下“院内”连一个能够为奥立弗提供亟须的照料和营养的女人也腾不出来。于是教区当局决定慷慨地将奥立弗送去“寄养”，就是打发到三英里以外的一个分院，那里有二三十个违反了济贫法的小犯人整天在冰冷的地板上打滚，毫无吃得太饱、穿得过暖的烦恼。有一个老太婆，把这帮小犯人接收下来给他们以亲如父母的管教，是看在每颗小脑袋一星期补贴七个半便士的分上。

谁如果指望这种寄养制度会结出什么丰硕的果实，就看看小奥立弗吧。他已经到了九岁生日，却还是一个苍白瘦弱的孩子，个子矮矮的，腰腿也细得像干柴。然而不知是由于造化还是遗传，奥立弗胸中已经种下了刚毅倔强的种子。这种精神能够得以发展，要归功于寄养所伙食太差。说不定正是由于这种境况，他才好歹活到了现在。今天是他的九岁生日，他正在又脏又黑的煤窖里庆祝生日。客人是细心挑选的，还有另外两个小绅士。他们三个真是胆大包天，居然喊肚子饿，一起结结实实挨了那位好当家麦恩太太的一顿打，之后又给关进了煤窖里。

这时教区干事邦布尔先生不期而至，他正奋力打开花园大门上的那道小门。

“天啊！是您吗，邦布尔先生？”麦恩太太把头探出窗外，一脸喜出望外的样子装得恰到好处，转脸小声对女佣说，“苏珊，把奥立弗和他们两个臭小子带到楼上去，赶紧替他们洗洗干净。”

“瞧我，”麦恩太太一边说着一边奔出来，这功夫三个孩子已经转移了，“瞧我这记性，我真忘了门是闩上的，这都是为了这些小乖乖。进来吧，先生，请进请进，邦布尔先生，请吧。”

这一邀请尽管还配有一个足以让任何人心软的屈膝礼，可这位教区干事丝毫不为所动。

“麦恩太太，你认为这样做合乎礼节，很得体吧？”邦布尔先生紧握手杖，问道，“教区公务人员为区里收养的孤儿上这儿来，你倒让他们在门外老等着？你难道不知道，你还是一位贫民救济处的代理人，而且领着薪金的吗？”

“啊哈，邦布尔先生，我是在给那些乖孩子说，是您来了，他们当中有几个还真喜欢您呢。”麦恩太太毕恭毕敬地回答。

邦布尔先生一向认为自己身份很高，这功夫他又确立了自己的地位，态度也就开始有所松动。“好了，好了，麦恩太太，”他口气和缓了一些，“就算是你说的那样吧。领我进屋去吧，我有话要说。”

麦恩太太把干事领进一间小客厅，请他坐下来，又殷勤地把他的三角帽和手杖放在一张桌子上。

“现在谈正事，”干事说，“那个连洗礼都没有做的孩子，奥立弗·退斯特——这名字还是我给起的呢——今天满九岁了。”

“老天保佑他。”麦恩太太插了一句，一边用围裙角抹了抹干涩的眼睛。

“奥立弗待在这里嫌大了一点，理事会决定让他回济贫院去，我过来一趟就是要亲自带他走，你叫他这就来见我。”

“我马上把他叫来。”麦恩太太说着，离开了客厅。这时候，奥立弗脸上、手上的一层污垢已经擦掉，由这位好心的女保护人领进房间。

“给这位先生鞠个躬，小乖乖。”麦恩太太说。

奥立弗鞠了一躬，这半是对着坐在椅子上的教区干事，半是对着桌上的三角帽。

“奥立弗，你愿意跟我一块儿走吗?”邦布尔先生的声音很威严。

奥立弗刚要说他巴不得跟谁一起离开这里，眼睛一抬，正好看见麦恩太太在邦布尔先生后边，气势汹汹地冲着自己挥动拳头，他立刻领会了这一暗示，这拳头在自己身上加盖印记的次数太多了，在他的记忆中留下了深刻的印象。

“她也跟我一起去吗?”可怜的奥立弗问。

“不，她不去，”邦布尔先生回答，“不过她有时会来看你的。”

当下，奥立弗便由教区干事领出了这一所房屋，他在这里度过的童年时代真是一团漆黑，从来没有被一句温暖的话语或是一道亲切的目光照亮过。当房子的大门在身后关上时，他还是感到一阵幼稚的哀伤，他丢下了自己那班不幸的小伙伴，他们是他结识的不多的几个好朋友。孤独感第一次沉入孩子的心田。

到了济贫院，还没待上一刻钟，邦布尔先生告诉奥立弗，今天晚上理事们要他马上去见他们。

奥立弗被这个消息吓了一跳，完全搞不清楚自己究竟是应该高兴还是应该哭泣。邦布尔先生用手杖在他头上敲了一记，以便使他清醒过来，要他振作些，领着他走进一间粉刷过的大房间，十来位威仪十足的绅士围坐在一张桌子前边。

“给各位理事鞠一躬。”邦布尔说道。

“孩子，你叫什么名字?”坐在高椅子上的绅士问道。

奥立弗一见这些人不禁大吃一惊，浑身直哆嗦，回答的时候声音很低，而且很犹豫。一位穿白色背心的先生当即断言，他是一个傻瓜。

“孩子，”坐在高椅子上的绅士说道，“你听着，我想，你知道自己是孤儿吧？”

“我希望你每天晚上做祷告，”另一位绅士厉声说，“为那些养育你，照应你的人祈祷！”

“是，先生。”孩子结结巴巴地说。

“你来这儿是接受教育，是来学一门有用处的手艺的。”高椅子上那位红脸绅士说。

“明天早晨六点钟，你就开始去拆旧麻绳。”白背心绅士威严地补充了一句。

为了答谢他们用拆旧麻绳这么一个简单轻松的工作，把授业和传艺这两大善举融为一体，奥立弗在邦布尔先生的指教下又深深地鞠了一躬，便被匆匆带进一间大收容室。在那里，在一张高低不平的硬板床上，奥立弗抽抽咽咽地睡着了。

这里有几十个年龄大小不一的孩子，开饭的场所是一间宽敞的大厅，一口铜锅放在大厅一侧。开饭时，大师傅在锅边舀粥，并有一两个打杂的女人。按照这样一种过节一般的布置，每个孩子分得一碗稀粥。吃完粥，碗根本用不着洗，孩子们非用汤匙把碗刮得干净明亮才住手。

一天黄昏，冗长的祷告之后便是花不了多少时间的进餐。碗里的粥一扫而光，孩子们交头接耳，直向奥立弗使眼色。奥立弗已经被饥饿逼得什么都顾不上，铤而走险了。他站了起来，手里拿着碗，朝大师傅走去，开口时多少被自己的大胆吓了一跳：“对不起，先生，我还要一点。”

大师傅的脸唰地白了，他愕然不解地盯着这个造反的小家伙，有点稳不大住了。

“什么？”大师傅好容易开了口，声音有气无力。

“对不起，先生，我还要。”奥立弗答道。

大师傅回过神来，操起勺子，照准奥立弗头上就是一下，又张开双臂把他紧紧夹住，尖声高呼着："快把干事叫来！"

邦布尔先生问清了事由，便一头冲进理事会房间，情绪激动地对高椅子上的绅士说道："利姆金斯先生，请您原谅，先生。奥立弗·退斯特还要。"

全屋的人大为震惊，恐惧呈现在一张张脸孔上。

"还要！"利姆金斯先生说，"我该没有听错，你是说他吃了按标准配给的晚餐之后还要？"

"是这样，先生。"邦布尔答道。

"那孩子会被绞死，"白背心绅士说，"我敢断定，那孩子将来准会被绞死！"

对这位绅士的预言，谁也没有反驳。理事会进行了一番热烈的讨论，奥立弗当下就被关了禁闭。第二天早晨，大门外贴出了一张告示，说是凡愿收留奥立弗·退斯特者酬金五镑。

奥立弗犯了个大逆不道的罪过，公然要求多给些粥，他成了一名重要的犯人，被单独关在黑屋子里。这种安排自然是理事会的远见卓识与大慈大悲。

这时候正值数九寒冬，奥立弗获准每天早晨到院子里去沐浴一番。邦布尔先生在场照看，为避免奥立弗着凉，总是十分殷勤地拿藤条抽他，给他一种全身火辣辣的感觉。他每天一次被带进孩子们吃饭的大厅，当众鞭笞，以儆效尤。在这一礼拜里，奥立弗就是处于这么一种吉星高照、备受关怀的境地。

这一天，邦布尔先生回到济贫院，准备报告转让奥立弗之事的进展，刚走到大门口，迎面碰上了承办教区殡葬事务的苏尔伯雷先生。

苏尔伯雷先生是个瘦高个，骨节大得出奇，并带有几分职业性的诙谐。

教区干事立刻想起了奥立弗·退斯特，便叫住了苏尔伯雷先生。

"顺便问一下，"邦布尔先生说道，"你知不知道有谁想找个学徒，啊？报酬很可观，苏尔伯雷先生，很可观呢。”邦布尔扬起手杖，指指大门上边的告示，特意在巨型大写字母“五英镑”字样上咚咚咚敲了三下。

“乖乖。”殡葬承办人说着，一把拉住邦布尔先生，“我正想和您谈谈这个事呢。”

教区干事抬起三角帽，向殡葬承办人转过身去，说：“噢？你看上这孩子了？”

“哎。”殡葬承办人答道，“邦布尔先生，你也知道，我替穷人们缴了好大一笔税呢。”

“嗯。”邦布尔先生鼻子哼了一下，“怎么？”

“哦，”殡葬承办人回答，“我想，既然我已经掏了那么多钞票，当然有权凭本事如数收回来。邦布尔先生，我想要这个孩子。”

邦布尔拉住殡葬承办人的胳膊，领他走进楼里。苏尔伯雷与理事们商定，当天傍晚就让他带奥立弗到棺材铺去“实习”——这个词用在教区学徒身上的意思是，经过短期试用之后，只要雇主觉得高兴，就可以留用若干年，叫他干什么就干什么。

小奥立弗被带到了绅士们面前，他被告知当天夜里自己就要作为一个济贫院学童到一家棺材铺去了。他木然地听完这一条消息，接过塞到他手里的行李，又一次拉住邦布尔先生的外套袖口，由这位大人物领着去一处新的受难场所。

“奥立弗。”邦布尔说。

“是，先生。”奥立弗哆哆嗦嗦地答道。

“先生，把帽子戴高一些，别挡住眼睛，头抬起来。”邦布尔先生狠狠地瞪了他一眼。这孩子拼命想忍住泪水，却怎么也止不住。眼泪顺着脸颊滚了下来，跟着又是一滴，又是一滴。

殡仪馆老板刚刚关门，正在一盏昏暗得与本店业务十分相称的烛光下做账，邦布尔先生走了进来。

“啊哈。”殡葬承办人从账本上抬起头来，“是你吗，邦布尔？”

“正是我，苏尔伯雷先生。”干事答道，“喏，我把孩子带来了。”奥立弗鞠了一躬。

“就是那个孩子吗？”殡仪馆老板说着，把蜡烛举过头顶，好仔细看看奥立弗。“苏伯尔雷太太，你上这儿来一下好吗？亲爱的？”

苏尔伯雷太太从店堂后边出来了，这女人身材瘦小，干干瘪瘪的，一脸狠毒泼辣的神情。

“我亲爱的，”苏尔伯雷先生谦恭地说，“这就是我跟你说过的那个济贫院的孩子。”奥立弗又鞠了一躬。

“天啦，”殡仪馆老板娘说道，“他可真小啊。”

“唔，是小了一点。”邦布尔先生看着奥立弗，像是在责怪他怎么不长得高大些。“他是很小，苏尔伯雷太太。可他还要长啊，他会长的。”

“啊。我敢肯定他会长的。”太太没好气地说，“吃我们的，喝我们的，不长才怪呢。小瘦鬼，下楼去吧。”老板娘嘴里念叨着，打开一道侧门，推着奥立弗走过一段陡直的楼梯，来到一间潮湿阴暗的石砌小屋。这间小屋连着后边的煤窖，里边坐着一个邋遢的女孩，脚上的鞋已经磨掉了后跟，绒线袜子也烂得不像样子了。

“喂，夏洛蒂，”苏尔伯雷太太说道，“把留给特立普吃的饭给他一点。小饿鬼，你挑不挑食啊？”

奥立弗一听有吃的，立刻两眼放光。他正馋得浑身哆嗦，一碟粗糙不堪的食物放到了他的面前。

要是有这么一位脑满肠肥的大人物，他吃下去的佳肴美酒在肚子里化作胆汁，血凝成了冰，心像铁一样硬，但愿他能看到奥立弗是怎样抓起那一盘连狗都不肯闻一闻的美食，能亲眼看一看饥不择食的奥立弗以怎样令人不寒而栗的食欲把这美食倒进肚子。更希望这位大人物在吃这样的食物的时候也有这样的胃口。

奥立弗被单独留在棺材店堂里，怀着恐惧的心情怯生生地环顾四周，一具未完工的棺材放在店堂中间黑黝黝的支架上。当他的目光无意中落到这可怕的东西上边时，感到它是那样阴森死寂，一阵寒战立刻传遍全身。他好像真的看见一个吓人的身影从棺材里缓缓地抬起头来，差点吓昏过去。店铺里又闷又热，连空气也似乎沾上了死亡的气味。奥立弗躺在柜台底下凹进去的一个地方，看上去跟棺材没什么两样。

清晨，奥立弗被外边一阵喧闹的踢打铺门的声音惊醒了。“开门，开不开？”一个声音嚷嚷着。

“我马上就来，先生。”奥立弗一边回答，一边解开链条，转动钥匙。

“你大概就是新来的伙计，是不是？”外面的声音说道。

“是的，先生。”奥立弗颤抖着抽下门闩，打开铺门。

奥立弗朝街的两头看了看，又看了一眼街对面，没看见其他人，只有一个大块头的慈善学校学生，坐在铺子前边的木桩上，正在吃一块奶油面包。大块头用一把折刀把面包切成小块，异常灵巧地投进嘴里。

“对不起，先生，”奥立弗见没有别的客人便问道，“是你在敲门吗？”

“我踢的。”慈善学校学生答道。

“先生，你是不是要买棺材？”奥立弗天真地问。

一听这话，慈善学校学生立刻现出一副狰狞可怕的样子，“你还不知道我是谁吧？我是诺亚·克雷波尔先生，”他说，“你就属我管，把窗板放下来，你这个懒惰的小坏蛋。”说罢，克雷波尔先生赏了奥立弗一脚，神气活现地走进了店铺。

诺亚是慈善学校的学生，不是济贫院的孤儿。他不是私生子，母亲替人洗衣服，父亲当过兵，退伍的时候带回来一条木头假腿和一份每天两个半便士的抚恤金，经常喝得醉醺醺。邻近各家店铺的学徒老是喜欢用一些极不雅的外号来嘲笑诺亚，诸如“皮短裤”啦，“慈善崽子”啦什么的，他一一笑纳。现在可好，一个连名字都没有的孤儿赐给了他，对这个孤儿，连最卑贱的人都可以指着鼻子骂，诺亚先生何乐不为呢。

奥立弗在棺材铺子里住了有个把月了。这一天打烊以后，老板夫妇正在店堂后边的小休息室里吃晚饭。苏尔伯雷先生恭恭敬敬地看看太太，说道："亲爱的，你看看那小退斯特，这是个漂亮的小男孩，亲爱的。"

"他理当如此，吃饱了喝足了嘛。"太太这样认为。

"亲爱的，他脸上有一种忧伤的表情，"苏尔伯雷先生继续说，"这非常有趣，亲爱的，他可以做一个出色的送殡人。"

苏尔伯雷太太的眼睛翻了一下，颇感意外。

"亲爱的，我不是指参加成年人葬礼的送殡人，而是单单替儿童出殡用的。让孩子给孩子送殡，那该有多新鲜。亲爱的，这一招效果保管不赖。"苏尔伯雷先生接着说。

太太对于办理丧事可以说颇具鉴赏力，听到这个新颖的主意也颇为吃惊，并大加赞赏。事情当场定下来，老板下一次外出洽谈生意，奥立弗就跟着一起去。

机会很快就来了，第二天清晨，吃过早饭大约半个小时，邦布尔先生来到了铺子。他将手杖靠在柜台上，掏出大皮夹子，从里边拈出一张纸片，递给苏尔伯雷。

"啊哈。"苏尔伯雷先生看了一下纸片眉开眼笑，"订购一口棺材，哦？"

"先订一副棺材，还有一套葬礼，由教区出钱。"邦布尔先生一边愤愤不平地回答，一边拉紧皮夹子上的带子。这皮夹子跟他本人一样鼓鼓胀胀的。

"贝登，"殡仪馆老板看看邦布尔先生，"我从来没有听说过这个名字。"

教区干事说："他们的情况我们也不知道，有个住在同一幢房子里的女人找到教区委员会，要求派教区大夫去看看，那儿有个女人病得很重。现在她死了，我们还得替她埋葬。这是地址姓名。"

邦布尔先生激愤地说完，三脚两步跨出店门去了。

“唷，奥立弗，他发那么大火，都忘了问问你的情况。”苏尔伯雷目送教区干事，说道。

“是的，先生。”奥立弗答道。邦布尔来访的时候，他一直躲得远远的。一听出邦布尔先生的嗓音，他从头到脚都抖了起来。

“嗨，”苏尔伯雷先生拿起帽子说，“这笔生意越早做成越好。诺亚，看住铺子。奥立弗，把帽子戴上，跟我一块儿去。”奥立弗听从吩咐，跟着主人出门做生意去了。

他们穿过本城人口最稠密的贫民区，来到一条更肮脏、更破败的街上。要找的这一家到了，大门敞开着，门上既没有门环，也没有门铃拉手。老板吩咐奥立弗跟上，小心翼翼地摸索着穿过漆黑的走廊，爬上二楼。他在楼梯口撞上一道门，便用指节“嘭嘭”地敲了起来。

开门的是一个十三四岁的女孩。殡仪馆老板一看屋内，就知道这正是他要找的地方，便走了进去，奥立弗还是也跟了进去。

屋子里没有生火，有一个男人一动不动地蜷缩在空荡荡的炉子边上，一位老妇人也坐在冷冰冰的炉子前的一条矮凳上，屋角有几个衣衫褴褛的小孩。有个什么东西用毯子遮盖着，放在正对门口的一个壁龛里。奥立弗的目光落到了那上边，禁不住打了个寒战。尽管上边盖着毯子，奥立弗还是意识到那是一具尸体。

“啊。”那个男人在死者的脚边跪了下来，泪水奔涌，“我说她是饿死的。是他们把她饿死的。”他伸出双手揪住自己的头发，在地板上打滚狂叫。

孩子们吓得魂不附体，放声大哭。只有那个老太婆充耳不闻：“她是我女儿，”老妇人朝尸体摆了摆头，像白痴一样乜斜着眼睛说道。在这种场合，这个动作甚至比死亡本身还要可怕，“天啦，真是奇怪，我生了她，当时我也不年轻了，现在还快快活活地活着，可她却躺在那儿，冷得硬邦邦的。天啦，真像是一场戏。”可怜的老人叽里咕噜地说着，以一种令人毛骨悚然的幽默笑了起来。棺材店老板转身领着奥立弗，匆匆忙忙走下了楼梯。

第二天,奥立弗和他的主人又一次来到丧家。邦布尔先生已经先到了,还带来四个济贫院的男人,准备扛棺材。老太婆和那个男人在破烂的衣服外披了一件旧的黑斗篷。光溜溜的白木棺材钉紧了,四个搬运夫扛上肩,往街上走去。

他们来到教堂墓园时,牧师还没有到场。天上飘着凛冽的细雨,邦布尔先生躲到一旁吃着热点心,两个亲属耐心地守候在墓穴旁。

就这样过了一个多小时,牧师出现了,一边走一边穿白色的祭服。邦布尔先生挥起手杖,赶跑了一两个在棺材边跳来跳去看热闹的小孩,以撑持场面。那位令人敬畏的牧师把葬礼尽力压缩,不出几分钟就已宣讲完毕。他把祭服交给文书,便又走开了。

"喂,毕尔,"苏尔伯雷对掘墓人说,"填上吧。"

"哎哎,伙计,"邦布尔在那个鳏夫背上拍了拍,说道,"他们要关墓地了。"

那男子从一开始就一直伫立在墓穴旁边,没有挪过地方,这时,他猛地一愣,抬起头,目不转睛地打量着和自己打招呼的这个人,朝前走了几步,便昏倒在地。于是大家往他身上泼了一罐冷水。等他醒过来,送他平平安安走出教堂墓地,这才锁上大门,各自散去。

"喂,奥立弗,"在回去的路上,苏尔伯雷先生问道,"你喜不喜欢这一行?"

"还好,先生,"奥立弗颇为犹豫地回答,"并不特别喜欢,先生。"

"啊,奥立弗,你迟早会习惯的。"棺材店老板说道,"只要习惯了,就没事啦,孩子。"

经过一个月试用后,奥立弗正式当上学徒。时下正是疾病流行季节,棺材行情看涨。苏尔伯雷先生的点子别出心裁,立竿见影,甚至超出他最为乐观的估计。小奥立弗多次率领葬礼行列,他配上了一条拖到膝盖的帽带,使丧家那些做母亲的都生出一份说不出的感动和赞赏。奥立弗还参加了许多为成年人送葬的远征,有机会观察到一些意志坚定的人在经受生离死别时表现出的令人羡慕的顺从与刚毅。

眼看新来的小学徒步步高升，诺亚不由得妒火中烧。夏洛蒂因为诺亚的缘故，对他也很坏。苏尔伯雷太太看出丈夫想和奥立弗联络感情，成了他的死对头。所以一边是这三位，另一边是生意兴隆的殡葬业务，奥立弗处在二者之间，他的日子完全不像被错关进啤酒厂谷仓里的饿猪那样舒服惬意。

一天晚饭时间，奥立弗和诺亚一块儿下楼，来到厨房，共同享用一小块羊肉。这时夏洛蒂被叫出去了，于是有了一个短暂的间歇。饥饿难熬、品行恶劣的诺亚·克雷波尔盘算了一番，更有价值的高招是想不出来了，那就戏弄一下小奥立弗吧。

“济贫院，”诺亚说，“你母亲还好吧？”

“她死了，”奥立弗回答，“你别跟我谈她的事。”

奥立弗说这句话的时候涨红了脸，呼吸急促，嘴唇和鼻翅奇怪地翕动着。克雷波尔先生认定，这小家伙接下去该是号啕大哭了。

“济贫院，她是怎么死的？”诺亚说道。

“我们那儿有个老护士告诉我，是她的心碎了，”奥立弗仿佛不是在回答诺亚的问题，而是在对自己说话，“我知道心碎了是怎么回事。”

“济贫院，你真蠢，”诺亚看见一滴泪水顺着奥立弗的脸颊滚下来，“谁让你哭鼻子了？”

“不是你，”奥立弗赶紧抹掉眼泪答道，“反正不是你。”

“噢，不是我，嗯？”诺亚冷笑着。

“对，不是你，”奥立弗厉声回答，“够了。你别跟我提起她，最好不要提。”

“最好不要提？”诺亚嚷了起来，“好啊。不要提。济贫院，别不知羞耻了。你妈是个贱货。”

“你说什么？”奥立弗刷地抬起头来。

“里里外外烂透了的贱货，济贫院，”诺亚冷冷地回答，“她死得正是时候，不然的话，现在可还在感化院做苦工，或者是流放，要么就是被绞死了，你说呢？”

愤怒使奥立弗的脸色变成了深红色，他猛地跳了起来，把桌椅掀翻在地，一把卡住诺亚的脖子。他牙齿咬得咯咯直响，把诺亚打倒在地。

转眼之间，这个看上去沉静、温柔的小家伙，因为诺亚对他死去的母亲的恶毒诬蔑使他热血沸腾。他直挺挺地站在那里，胸脯一起一伏，目光炯炯有神，整个形象都变了。他扫了一眼这个使自己吃尽苦头的胆小鬼，以一种前所未有的刚强向他挑战。

"他会杀死我的。"诺亚哇哇大哭，"夏洛蒂，太太。新来的伙计要打死我了！救命啦！奥立弗发疯啦！"

夏洛蒂一声高声尖叫，从侧门冲进了厨房，更响亮的一声是苏尔伯雷太太发出的，却在楼梯上停住了，直到她认为继续往下走与保全性命并不矛盾才下去。

"噢，你这个小坏蛋！"夏洛蒂尖叫着，使出吃奶的力气一把揪住奥立弗。"噢，你这个恶——棍！"夏洛蒂每揍奥立弗一拳，便发出一声尖叫，在场的人都感到过瘾。

苏尔伯雷太太也冲了上来，一只手抱住奥立弗，另一只手在他脸上乱抓。诺亚借助这样大好的形势，从地上爬起来，往奥立弗身上挥拳猛击。

"这个坏蛋，他天生就是杀人犯、强盗。可怜的诺亚，夫人，我进来的时候，他差一点没被打死。"夏洛蒂咬牙切齿地说。

"可怜的孩子。"老板娘怜悯地看着那个慈善学校的学生，说道。

诺亚听到这一句表示同情的话，竟然用手抹起眼睛来，哭得更起劲，鼻子里还直哼哼。

"这可怎么好？"苏尔伯雷太太高声嚷起来，"你们老板不在家，这屋子里一个男人都没有，怎么办？"

"天啦！夫人，"夏洛蒂说道，"除非派人去叫警察。"

"要不叫当兵的。"克雷波尔先生出了个点子。

"不，不，"苏尔伯雷太太想起了奥立弗的老朋友，"诺亚，到邦布尔先生那儿跑一趟，告诉他赶快来，一分钟也别耽搁。”

诺亚没再多说，立刻以最快速度出发了。他一口气跑到济贫院门口，“砰砰砰”地敲起门来。

“邦布尔先生！邦布尔先生！”诺亚喊了起来，一副失魂落魄的样子，声音又响亮又激动，吓得教区干事连三角帽也没顾得戴上，便冲进院子。

“喔，先生，邦布尔先生。”诺亚说道，“奥立弗——奥立弗他——”

“什么？什么？”邦布尔先生迫不及待地问，“他逃走啦？诺亚，他没溜掉吧，是不是？”

“不，先生，溜是没溜，但他发疯了。”诺亚答道，“先生，他想杀死我，接着又想杀夏洛蒂，再往下，就是老板娘了。喔！痛死我啦！这有多痛，您瞧瞧。”说到这里，诺亚把身子扭来扭去，好让邦布尔先生明白，奥立弗·退斯特的血腥暴行造成他难以忍受的最剧烈的疼痛。

“哦，我不会轻饶了他，您放心。”干事一边回答，一边拿着教区专门用来执行鞭刑的藤杖，与诺亚·克雷波尔一起，直奔苏尔伯雷的棺材铺而来。

这一边，局势仍不见好转。苏尔伯雷现在还没回来，奥立弗被关进了地窖，但仍一个劲地踢着地窖的门，锐气丝毫未减。既然苏尔伯雷太太和夏洛蒂把奥立弗说得那么可怕，邦布尔先生认为还是先谈判一番，再开门进去为妙。他在外边照着门踢了一脚，作为开场白，然后用深沉而又颇有分量的声音叫了一声：“奥立弗！”

“开门，让我出去！”奥立弗在里边回答。

“奥立弗，你听出我是谁了没有？”邦布尔先生说。

“听出来了。”

“你就不怕吗？我说话的时候，你难道连哆嗦都没打一个？”邦布尔先生问。

“不怕！”奥立弗毅然答道，又开始狠命踢门，把别的声音全压住了。就在这个节骨眼上，苏尔伯雷回来了。两位女士历数奥立弗的罪行，专挑最能激起他上火的言辞，大肆添油加醋。老板听罢立刻打开地窖，一眨眼就把造反的学徒拖了出来。

奥立弗的脸上青一块，紫一块，然而，满面怒容仍没有消失。他一被拉出关押的地方便瞪大眼睛，无所畏惧地盯着诺亚，看上去丝毫没有泄气。

"你这个兔崽子，你干的好事！"苏尔伯雷搡了他一下，劈头就是一记耳光。

"他骂我妈妈。"奥立弗回答。

"好啊，骂了又怎么样？你这个忘恩负义的小混蛋！"苏尔伯雷太太说道，"那是你妈活该，我还嫌没骂够哩。"

"她不是那样的。"奥立弗说道。

"她是。"苏尔伯雷太太宣称。

"你撒谎！"奥立弗说。

苏尔伯雷先生当即拳脚齐下，把奥立弗痛打了一顿，邦布尔先生也完全用不着动用教区的藤杖了。当下奥立弗被关进了厨房里间。

黑洞洞的棺材店堂一片凄凉死寂，奥立弗独自待在这里，直到此刻，他才将这一天的遭遇在一个孩子心中可能激起的感情宣泄出来。他曾听凭人们嘲弄，一声不吭地忍受鞭笞毒打，现在他感觉得到，自己内心有一种不断增长的尊严，有了这种尊严，他才坚持到了最后，哪怕被他们活活架在火上烤，也不会叫一声。然而此时，四下里没有一个人看到或者听到，奥立弗跪倒在地，双手捂着脸，哭了起来——哭是上帝赋予我们的天性——但又有多少人会这般小小年纪就在上帝面前倾洒泪水！

奥立弗一动不动地跪了很久很久。当他站起来的时候，蜡烛已经快要燃到下边的灯台了。他小心翼翼地看了看四周，又凝神听了一下，然后轻手轻脚地把门锁、门闩打开，向外边望去。

这是一个寒冷阴沉的夜晚。在孩子眼里，连星星也似乎比过去看到的还要遥远。没有一丝风，昏暗的树影无声地投射在地面上，显得那样阴森死寂。他轻轻地把门关上,借着即将熄灭的烛光,将自己仅有的几件衣服捆好,随后就在一条板凳上坐下来,等着天亮。

第一缕曙光穿过窗板缝隙射了进来,奥立弗站起来,打开门,胆怯地回头看了一眼,悄悄走到大街上。

奥立弗来到了寄养所。大清早的,看不出里边有人走动的迹象。他停了下来,偷偷地往院子里望去,只见一个孩子正在小苗圃拔草。那孩子抬起了苍白的面孔,奥立弗一眼就把自己先前的伙伴认出来了,那孩子虽说比自己小一些,却是他的小朋友,常在一块儿玩。他们曾无数次一起挨打,一起受饿,一起被关禁闭,能在走之前看到他,奥立弗感到很高兴。

“嘘,狄克。”奥立弗说道,“有人起来了吗?”

“就我一个人。”狄克跑到门边,从栏杆里伸出一只纤细的胳膊,答道。

“狄克,你可不能说你见过我,”奥立弗说,“我是跑出来的。狄克,他们打我,欺负我。我要离开这里,还不知道到哪儿呢。你脸色太苍白了。”

“我听医生对他们说,我快死了,”狄克带着一丝惨笑,“真高兴能看到你,亲爱的,可是别停下来,别停下来。”

“是的,是的,我这就和你说再会。狄克,我还要来看你,一定会的。亲我一下吧。”

狄克爬上矮门,伸出小胳膊搂住奥立弗的脖子:“再见了,上帝保佑你。”

这祝福发自一个稚气未尽的孩子之口,是奥立弗生平第一次听到的别人为他的祈祷。他往后还将历尽磨难熬煎,饱尝酸甜苦辣,但他时时刻刻都不会遗忘这些话语。

第二章

奥立弗徒步去伦敦,遇见了一位古怪的小绅士。他被领到那个快活的老绅士那里去。在这些人当中,奥立弗大长了见识,但付出了高昂的代价。

奥立弗重新上了公路。尽管离城已经挺远了,但他仍然时而跑几步,时而躲一躲,生怕有人赶上来把他捉回去,这样一直折腾到中午。他在一块路碑旁边坐下来歇歇气,开始盘算究竟上哪里好。

他身边就是路碑,上边的大字表明此地距伦敦七十英里。伦敦,这个地名在奥立弗心中唤起了一连串想象。伦敦!那地方大得不得了!没有一个人——哪怕是邦布尔先生——能在那里找到自己。过去他常听说,血气方刚的小伙子在伦敦压根儿不愁吃穿,在那个大都市里,有的是谋生之道。对于一个无依无靠的孩子来说,伦敦是最合适的去处。他从地上跳起来,继续朝前走去。

一天下来,奥立弗走了二十英里,饿了啃两口干面包,渴了喝几口讨来的水。夜幕降临了,他拐进一片牧场,偷偷钻到一个干草堆底下,决定就在那里过夜。一开始他吓得心惊肉跳,晚风呜呜咽咽,一路哀号着掠过空旷的原野。他又冷又饿,孤独的感觉比以往任何时候都更加强烈,然而,他毕竟太累了,不一会儿就睡着了。

第二天早晨醒来的时候,他简直冻僵了,也饿得熬不过去了,两条腿软得直哆嗦。他又坚持走了一天,又一个夜晚在阴冷潮湿的露天度过,情况更糟糕了,当他天亮以后登上旅途时,几乎得爬着走了。

他在一座陡坡下停住,一直等到一辆公共马车驶到近前。奥立弗求座上的乘客给几个钱,可是没人理睬。马车嘎嗒嘎嗒地开走了,只在车后留下一团烟尘。

说真的,要不是碰上一位好心肠的收税员和一位仁慈的老太太,奥立弗的苦难可能已经结束了,他必定已经死在通衢大道上了。那位收税员请他吃了一顿便饭,老太太有一个孙子,因船只失事流落异乡,她把这份心情倾注到可怜的孤儿身上,把拿得出来的东西都给了他,还说了许多体贴亲切的话语,洒下了浸满同情怜悯的泪水。此情此景胜过奥立弗以往遭受的一切痛苦,深深地沉入了他的心田。

奥立弗离开故乡七天了。这天一大早,他一瘸一拐地走进小城巴涅特。太阳升起来了,霞光五彩缤纷。然而,朝霞仅仅是使这个孩子看到,他自己是那么的孤独与凄凉。他坐在一个冰冷的台阶上,脚上的伤口在淌血,浑身沾满尘土。

沿街的窗板一扇扇打开了,窗帘也拉了上去,人们开始来来去去。有几位停下来,打量了奥立弗两眼,有的匆匆走过时扭头看看。没有一个人接济他,也没有人问一声他是怎么上这儿来的。他没有勇气去向人家乞讨,便一动不动地坐在那里。

这时,他看到几分钟前漫不经心从自己身边走过的一个少年又倒转回来,正在街对面仔仔细细地上下打量自己。那孩子穿过马路,缓步走近奥立弗,说道:“哈啰。伙计,怎么回事啊?”

发问的这个孩子同奥立弗年龄相仿,但样子十分古怪,长着一个狮子鼻,额头扁平,其貌不扬,邋遢得很,偏偏又摆出一副十足的成年人派头。

“哈啰。伙计,你怎么啦?”这位奇怪的小绅士又发问了。

“我饿极了,又累得要死,”奥立弗回答时泪水在眼睛里直打转,“我走了很远的路,七天以来我一直在走。”

“走了七天?”小绅士叫了起来,“喔,我知道了,是铁嘴的命令吧?不过,”他见奥立弗迷惑不解的神色,便又接着说,“我的好伙计,恐怕你还不知道铁嘴是怎么回事吧。"

奥立弗温驯地回答,他早就听说有人管鸟的嘴巴叫铁嘴。

"瞧瞧,有多嫩。"小绅士叫了一声,"嗨,铁嘴就是治安推事。嗳嗳,你想吃东西,我请客了。"

小绅士扶着奥立弗站起来,一块儿来到附近的一家杂货店,在那里买了些熟火腿和一个两磅重的面包。小绅士露了一手,他把面包掏出一个洞,然后把火腿塞进去,这样火腿既保持了新鲜,又不会沾上灰尘。小绅士把面包往胳肢窝下边一夹,领着奥立弗拐进一家小酒馆,到里边找了一间僻静的酒室,叫了一罐啤酒。奥立弗在新朋友的邀请下,狼吞虎咽地大吃起来。吃的过程中,这位神秘少年的目光十分专注,时不时地落到他身上。

"打算去伦敦?"小绅士见奥立弗终于吃好了,便问道。

"是的。"

"找到住处了没有?"

"还没哩。"

"钱呢?"

"没有。"

古怪的少年吹了一声口哨。

"你住在伦敦吗?"奥立弗问。

"不错。只要不出远门,就住在伦敦,"少年说道,"我琢磨你今天晚上还想找个地方睡觉,是不是?"

"是啊,真的,自从我离开家乡以来,就没睡过安稳觉。"

"你也别为这点小事揉眼睛了,"小绅士说道,"今天晚上我得去伦敦,我知道有一位体面的老绅士也住在那儿,他会给你安排住处。"

小绅士微笑着,一边说,一边喝干了啤酒。

有个落脚的地方,这简直太好了。接下来的谈话进行得更为友好,更加推心置腹。奥立弗知道,这位朋友名叫杰克·达金斯,乃是那位老绅士的得意门生。

他们在天黑以后进入伦敦，七拐八弯，走下了伦敦贫民院旁边的小巷。机灵鬼达金斯吩咐奥立弗跟紧，自己飞一般朝前跑去。

奥立弗从来没有见到过比这儿更为肮脏、更为破败的地方。街道非常狭窄，满地泥泞，空气中充满了各种污浊的气味。小铺子倒不少，却是一片凄凉，看起来景气一些的只有酒馆，一帮最下层的爱尔兰人扯着嗓子，在酒馆里大吵大闹，喝得烂醉的男男女女在污泥中打滚。

奥立弗正在盘算是否溜掉为妙，他的那位向导推开一扇门，抓住奥立弗的一条胳膊，拉着他进了走廊，又随手把门关上了。

走廊尽头闪出一团微弱的烛光，一个男人的面孔从楼梯栏杆缺口露了出来。

"你是两个人来的？"那个男人用一只手替眼睛挡住光，说道。"那一个是谁？"

"一个新伙伴。"杰克·达金斯把奥立弗推到前边，答道。

"哪儿来的？"

"生地方。费金在不在楼上？"

"在，上去吧。"蜡烛缩了回去，那张脸消失了。

奥立弗摸索着，紧紧抓住自己的同伴，高一脚低一步地登上又黑又破的楼梯。机灵鬼推开一间后室的门，拖着奥立弗走了进去。一个枯瘦如柴的犹太老头手拿烤叉，站在桌子旁边，一大团乱蓬蓬的红头发掩住了他脸上那副令人恶心的凶相。几张用旧麻袋铺成的床在地板上排开。桌子周围坐着四五个比机灵鬼小一些的孩子，一个个都摆出成年人的架势，一边吸烟，一边喝酒。机灵鬼低声向犹太老头嘀咕了几句。那犹太老头一只手握着烤叉，转过头来。

"费金，就是他，"杰克·达金斯说，"我的朋友奥立弗·退斯特。"

老费金露出大牙笑了笑，向奥立弗深深鞠了一躬，又握住奥立弗的手，说自己希望有幸和他结为知己。小绅士们一见这光景，也都叼着烟斗，围了过来，使劲和他握手。

"见到你我们非常高兴，奥立弗——非常高兴，"费金说道，"机灵鬼，把香肠捞起来，拖一个桶到火炉边上，奥立弗好坐。”快活老绅士的那班得意门生乐得大喊大叫，吆喝声中，他们开始吃饭。

奥立弗吃了分得的一份，费金给他兑了一杯热乎乎的掺水杜松子酒，叫他赶紧喝下去。奥立弗照办了。顿时，他感到自己被人轻轻地抱起来，放到麻袋床铺上，不一会儿便陷入了沉睡。

第二天上午，奥立弗从酣睡中醒来，天已经不早了。屋子里没有别的人，快活老绅士正在煮咖啡。

奥立弗没有完全清醒过来，睡眼蒙眬地望着费金，听他低声吹着口哨。

咖啡煮好了，费金把锅放到炉台上，犹豫了一会儿。接着转过身来望着奥立弗，叫了几声他的名字，他没有回答，谁都会以为他还在睡觉。

费金轻手轻脚地把门锁上。他从地板上某个暗处抽出一个小盒子，小心翼翼地放在桌上。他坐下来，从盒子里取出一只贵重的金表，上边的珠宝钻石亮光闪闪。又接连拿出了许多东西，除了戒指、胸针、手镯，还有几样珠宝首饰质地考究，做工精细，奥立弗连名字也叫不出来。

费金把这些小首饰收起来，身子往椅子上一靠，喃喃地说：“死刑真是件妙不可言的事儿。死人绝不会忏悔，死人也绝不会把可怕的事情公之于世的。五个家伙挂成一串，都给绞死了，没有一个会留下来做线人，或者变成胆小鬼。”

费金黑亮的眼睛原本一直望着前边，这时却落到了奥立弗脸上，那孩子睁着一双好奇的眼睛，正默默地盯着他。他啪地关上盒子，一手抓起桌上的一把切面包的刀，狂暴地跳了起来。

“怎么啦？”费金说道，“你在监视我？你看见什么了？说，小子。快——快！当心小命！”

“先生，”奥立弗柔顺地回答，“如果我打搅了您的话，我感到非常抱歉，先生。”

“一个钟头以前，你就醒过来了？”费金恶狠狠地瞪了孩子一眼。

“我刚刚醒。真的。”典立弗回答。

“你说的是真话？”费金变得更狰狞了，杀气腾腾地叫道。

“是的，先生，”奥立弗一本正经地答道，“我发誓，先生，真的刚醒。”

“亲爱的，你看到这些宝贝了？”费金踌躇了一下，手放在盒子上，问道。

“先生，是的。”

“啊。”费金脸上白了一大片，“它们都是我的，奥立弗。我上了岁数，就这一丁点财产，大家管我叫守财奴，我亲爱的——不就是个守财奴吗，就这么回事。”

奥立弗爬起来，走到房间另一头，略一弯腰，提起了水壶，当他回过头去的时候，盒子已经不见了。

他洗完脸，把一切收拾妥当，机灵鬼和另一个精神焕发的小伙伴一块儿回来了。奥立弗看见他昨天晚上抽烟来着，现经介绍，才知道他叫查理·贝兹。四个人坐下来共进早餐，桌子上有咖啡，机灵鬼带回来一些热腾腾的面包和香肠。

“嗯，”费金暗暗用眼睛盯住奥立弗，跟机灵鬼聊了起来，“亲爱的孩子们，早上你们恐怕都去干活了，是吗？”

“可卖力了。”机灵鬼回答。

“整个豁出去了。”查理·贝兹添了一句。

“好小子，好小子。”老费金说，“你弄到了什么，机灵鬼？”

“俩皮夹子。”小绅士答道。

“有搞头吗？”老犹太急不可耐地问。

“还不赖。”机灵鬼说着，掏出两只钱包，一只绿的，一只红的。

“你弄到什么了，亲爱的？”费金冲着查理·贝兹说道。

“抹嘴儿。”贝兹少爷一边说，一边掏出四条小手绢。

“好，”费金仔细地查看着手绢，“还都是上等货色，很好。不过，查理，你得把标记挑掉。我们来教教奥立弗。好不好，奥立弗，呃？哈哈哈！"

"先生，如果你愿意的话。"奥立弗说。

"你也希望做起手绢来跟查理·贝兹一样得心应手，是不是啊，亲爱的？"费金说道。

"先生，"奥立弗答道，"我真的非常想学，只要你肯教我。"

"他真是嫩得可笑。"查理大笑着说。

吃过早餐，快活老绅士和那两个少年玩了一个十分有趣而又极不寻常的游戏：快活老绅士在一边裤兜里放上一只鼻烟盒，另一边放了一只皮夹子，背心口袋里揣上一块表，表链套在脖子上，还在衬衫上别了一根仿钻石别针。他将外套扣得严严实实，握着一根手杖，在屋子里走来走去，模仿那些老先生平日在街上溜达时的派头。他时不时朝前后左右看看，提防着小偷，把每个口袋都拍一拍，看自己是不是丢了东西，那神气非常可笑也非常逼真。奥立弗觉得真是好笑极了。在这段时间里，两个少年紧紧尾随在他身后，动作敏捷地避开他的视线，机灵鬼踩了老绅士一脚，查理·贝兹从后边撞了他一下，在这一刹那，他俩以异乎寻常的灵巧取走了他的鼻烟盒、皮夹子、带链子的挂表别针、手巾，连眼镜盒也没落下。如果老绅士发觉任何一个口袋里伸进来一只手的话，他就报出是在哪一个口袋，游戏又从头来过。

这套游戏翻来覆去做了无数次，这时，有两位小姐前来看望小绅士们，其中一个叫蓓特，一个叫南希。她们都长着浓密的头发，乱蓬蓬地挽在脑后，鞋袜也很不整洁。她俩或许并算不上很漂亮，但是体态丰满健康，举止洒脱大方。奥立弗觉得她们的确算得上是非常出色的姑娘了。

一会儿，机灵鬼和查理便与两位女郎一块儿出去了，那位和蔼的老犹太人还体贴地给了他们零花钱。

"嗳，亲爱的，"费金对奥立弗说道，"这日子可真舒坦，不是吗？他们要到外边去逛一天呢。"

“他们干完活儿了没有，先生？”奥立弗问。

“对呀，”费金说，“是那么回事，除非他们在外边碰上什么活儿。亲爱的，你跟他们学着点儿，你得学几招，他们要你做什么你就做什么，所有的事都要听他们的指点——尤其是机灵鬼。亲爱的，我的手绢是插在口袋里边吗？”费金说着骤然停了下来。

“是的，先生。”

“看看你能不能把手绢掏出来，又不被我发现，就像今天早晨做游戏时他们那样子。”

奥立弗用一只手捏住那只衣袋的底部，他看见机灵鬼就是这样做的，另一只手轻轻地把手帕抽了出来。

“好了吗？”费金嚷道。

“喏，先生。”奥立弗说着，亮了一下手帕。

“你真是个聪明的孩子，亲爱的，”快活老绅士赞许地在奥立弗头上拍了拍。“我还没见过这么伶俐的小家伙呢。这个先令你拿去花吧。你照这样干下去，就会成为这个时代最了不起的人的。来，我教你怎么弄掉手帕上的标记。”

奥立弗弄不懂了，做做游戏，扒这位老绅士的衣袋，为何将来就有机会成为大人物。不过，他又一想，这老头年纪比自己大得多，肯定什么都懂，便温驯地跟着他走到桌子跟前，专心致志地投身新的学业之中了。

一天早晨，奥立弗终于得到了允许，老先生告诉他跟着查理·贝兹和机灵鬼一同出去。

三个孩子出发了。跟往常一样，机灵鬼把衣袖卷得高高的，歪戴着帽子。贝兹少爷双手插在口袋里，一路上挺悠闲。

他们从克拉肯韦尔广场附近一个小巷里走出来，机灵鬼猛然站住，将指头贴在嘴上，一边轻手轻脚地拉着两个同伴退后几步。

“什么事？”奥立弗问道。

“嘘！”机灵鬼回答，“看见书摊边上那个老家伙了没有？”

“是对面那位老先生?”奥立弗说,“是的,看见了。”

“他正合适。”机灵鬼说道。

“姿势蛮好。”查理·贝兹少爷仔细看了看。

两个少年鬼鬼祟祟地溜过马路,往那位老绅士身后靠去。奥立弗跟着他们走了几步,不知道应该上前还是退后,便站住了,他不敢出声,只是望着那边发呆。

老先生面容可敬,戴一副金边眼镜,在摊子上取了一本书,认认真真地读着。

奥立弗站在几步开外,眼睛睁得大大的。他看到机灵鬼把手伸进老绅士的衣袋,从里边掏出一条手帕,然后把它递给查理·贝兹,最后,他俩一溜烟地转过街角跑掉了。

刹那间,金表、珠宝、老费金,全部的谜涌入了孩子的脑海。他迟疑了一下,由于害怕,血液在浑身血管里奔涌,感到自己仿佛置身于熊熊烈火中。慌乱恐惧之下,他自己也不知道是怎么回事,便撩起脚尖,没命地跑开了。

就在奥立弗开始跑的一瞬间,那位老绅士把手伸进口袋里,没有摸到手绢,猛然掉过头来。他见一个孩子快速飞跑,自然认定那就是偷东西的人了。他使出全身力气,呼喊着“抓贼啊!”便拿着书追了上去。

不过,吆喝着抓贼的并不只是老绅士一人。机灵鬼和贝兹少爷不希望满街跑引起别人注意,他俩一拐过街角,就躲进第一个门洞里去了。不多一会儿,他们听到了叫喊声,又看见奥立弗跑过去,立即猜到了随后发生的事情,俩人极为敏捷地蹦了出来,高呼着“抓贼啊!”跟诚实的市民们一样参加了追捕。大家一齐追了上来,喊声四处回荡。人们赶上来了,一步步逼近了,眼看奥立弗渐渐没有力气了,吆喝却更加起劲,“抓贼啊!”四处欢声雷动。

终于抓住了。多美妙的一击,奥立弗倒在人行道上,浑身糊满了污泥尘土,嘴里淌血,两眼惊慌地打量着围在身边的无数面孔。这时

候,那位老绅士被跑在头里的那班人热情地拖着推着让进了圈子。

“是的,”老绅士说,“恐怕就是这个孩子。”

“先生,是我把他撂倒的,”一个粗手大脚的家伙凑上来,“我一拳打在他嘴上。是我逮住他的,先生。”

“喂,起来。”刚刚赶到的警官粗声粗气地说。

“先生,不是我。真的,真的,是另外两个孩子。”奥立弗两手紧紧地扣在一起,回头看了看,说道,“他们就在附近哪个地方。”

“不,不,没有其他人。”警官一边说一边伸手抓住奥立弗。机灵鬼和查理·贝兹早已逃之夭夭。

“他受伤了,您别。”老绅士同情地说。

“喔,不,我不会的。”警官答应着,一把便将奥立弗扯了起来,“哼,我可知道你们这一套,别想骗我。你倒是起不起来,你这小混蛋?”

奥立弗挣扎着爬起来,站都站不稳,当下便被人沿街拖走了。

第三章

由于范昂先生独特的办案方式，倒成全了奥立弗与布朗罗先生的缘分。

他被押着走过一条低矮的拱道，登上一个肮脏的天井，从后门走进一个石砌的小院。这是治安裁判庭。他们刚进去就迎面碰上一个满脸络腮胡子的彪形大汉。

“又是什么事啊？”他漫不经心地问。

“抓到一个摸包的。”看管奥立弗的警察答道。

“先生，你就是被盗的当事人？”那汉子又问。

“是的，我正是，”老绅士回答，“不过，我不能肯定就是这孩子偷走了手绢。我——我不想追究这事了。”

“得先去见见推事再说，先生，”汉子说，“过来，你这个小家伙，真该上绞架。”

他一边说一边打开门，要奥立弗进去，牢房里，奥立弗浑身上下给搜了个遍，结果什么也没搜出来，门又锁上了。

这时候，老绅士看上去几乎与奥立弗一样沮丧，他长叹了一口气。

“那孩子长相上有一种什么东西，”老绅士若有所思地缓步踱到一边，用书敲击着自己的下颚，自言自语地说，“我从前在哪儿见过的，跟他的长相很相似？”

法庭是一间带有格子墙的前厅。声威显赫的范昂先生坐在上首。可怜的小奥立弗已经给安顿在门边的木栅栏里，叫这副场面吓得浑身

发抖。

“你是谁?”范昂先生发话道。

老绅士带着几分惊愕,指了指自己的名片。

“警官,”范昂先生傲慢地挑开名片,“这家伙是谁?”

“先生,我的名字么,”老先生拿出了绅士风度,“我名叫布朗罗,先生。”

“警官,”范昂先生问,“这家伙犯了什么案?”

“大人,他没犯案。”警官回答,“是他告这个小孩,大人。”

“叫这个人起誓。”范昂朝书记员说道,“别的话我一概不听。叫他起誓。”

布朗罗先生大为光火,然而,或许是考虑到发泄一通只会伤害到那孩子,便强压住自己的感情,立刻照办了。

“噢,”范昂说,“指控这孩子什么?你有什么要说的,先生?”

“当时,我正站在一个书摊边上——”布朗罗先生开始讲述。

“停一停。”范昂先生说,“警官。警官在哪儿?喏,叫这位警官起誓。说吧,警官,怎么回事啊?”

那名警察相当谦恭地讲了一遍,他如何抓住奥立弗,如何搜遍全身,结果一无所获,他所知道的也就是这些了。

“有没有证人?”范昂先生问。

“大人,没有。”警官回答。

范昂先生默默地坐了几分钟,然后向原告转过身去,声色俱厉地说:“喂,你倒是想不想对这个孩子提出控告,唔?你已经起过誓了,哼,如果你光是站在那儿,拒不拿出证据来,我就要以蔑视法庭罪惩治你,我要——”

尽管遇到无数的胡搅蛮缠与翻来覆去的凌辱责骂,布朗罗先生还是想尽办法将案情说了一遍。“他已经受伤了,”布朗罗先生最后说道,“而且我担心,”他望着栏杆那边,郑重其事地补充了一句,“我确实担心他有病。”

“噢，不错，也许是吧。”范昂先生冷笑一声，“哼，少来这一套，你这个小流氓，骗是骗不了我的，你叫什么名字？”

奥立弗竭力想回答一声，可是说不出话。他脸色惨白，周围的一切似乎都在他的眼前旋转起来。

“你这个厚脸皮的无赖，叫什么名字？”范昂先生追问道，“警官，他叫什么名字？”

这句话是冲着站在栏杆旁边的一个老头说的。老头弯下腰来，又问了一遍，发现奥立弗已确实无力对答，就瞎编起来。

“大人，他说他名叫汤姆·怀特。”这位好心的警察说道。

“喔，他不是说出来了，是吧？”范昂先生说道，“好极了，好极了。他住在什么地方？”

“大人，没个准儿。”老头又装作听到了奥立弗的答话。

“父母双亲呢？”范昂先生问。

“他说在他小时候就都死了，大人。”警官铤而走险，找了一个常见的答案。

问到这里，奥立弗抬起头来，以哀求的目光看了看四周，有气无力地请求给他一口水喝。

“少胡扯。”范昂先生说道，“别当我是傻瓜。”

“大人，我想他真的有病呢。”警官进了一言。

“我比你清楚。”推事说道。

“警官，快扶住他，”老绅士说道，“他就要倒下去了。”

“站一边去，”范昂嚷道，“他爱倒就倒。”

承蒙推事恩准，奥立弗一阵眩晕，倒在地板上。

“我就知道他在装疯卖傻，”范昂说，仿佛这句话便是无可辩驳的事实根据，“由他躺在那儿吧，要不了多久他就会躺得不耐烦了。”

“怎么办，大人？”书记员低声问道。

“即席裁决，”范昂先生回答，“关押三个月——苦工自然是少不了的。退庭。”

房门应声打开，两个汉子正准备把昏迷不醒的奥立弗拖进牢房，这时，一位身穿黑色旧礼服的老人匆匆闯进法庭，朝审判席走去。他面带一点凄苦的神色，但看得出是个正派人。

“等一等，等一等。别把他带走。看在上帝的分上，请等一会儿。”这个老人上气不接下气地叫道。

“这是干什么？这是谁呀？把这家伙赶出去，都给我出去。”范昂先生吼声如雷。

“我就是要说，”那人大声说道，“事情我都看见了。书摊是我开的，我请求起誓，你必须听听我的陈述，范昂先生，你不能拒绝。”

“让这人起誓，”范昂先生很不高兴地喝道，“喂，讲吧，你有什么要说的？”

“是这样的，”那人说道，“我看见三个孩子，另外两个连同这名被告，在马路对面闲逛，这位先生当时在看书，偷东西的是另一个孩子，我亲眼看见他下手的，这个孩子在旁边给吓呆了。”说到这里，可敬的书摊掌柜缓过气来了，他比较有条理地将这件扒窃案的经过情形讲了一遍。

“你干吗不早点来？”范昂顿了一下才问。

“没有人替我看铺子，我刚刚才找着人，我是一路跑来的。”

“起诉人正在看书，是不是啊？”范昂又顿了一下，问道。

“是的，那本书还在他手里哩。”

“呵，是那本书么，哦？”范昂说道，“付钱了没有？”

“没有，还没付呢。”摊主带着一丝笑意答道。

“天啦，我全给忘啦。”有些恍惚的老绅士天真地高声叫道。

“好一位正人君子，还来告发一个可怜的孩子。”范昂做出滑稽的样子，希望借此能显得很厚道，“我想，先生，你已经在一种非常可疑、极不光彩的情形之下把那本书占为己有了，你还自以为运气不错吧，因为产权人不打算提出起诉。喂，就当这是你的一次教训吧，否则法律总有一天会找上你的。这个小孩可以释放。退庭。”

“岂有此理。”布朗罗先生强压多时的怒气终于爆发了。“岂有此理。我要——”

“退庭。”推事不容他分说。“诸位警官，你们听见没有？退庭。”

命令执行了。布朗罗先生虽说愤愤不平，还是被轰了出去。他怒不可遏，但一来到院子里，怒气立刻烟消云散。小奥立弗仰面躺在地上，脸色惨白，身上不住地抽动，发出一阵阵寒战。

“可怜的孩子，可怜的孩子。”布朗罗先生朝奥立弗弯下腰来，“劳驾哪一位去叫辆马车来，快一点。”

马车叫来了，奥立弗给小心翼翼地安顿在座位上，布朗罗先生跨进马车，坐在另一个座位上。

“我可以陪您一块儿去吗？”书摊老板把头伸了进来，说道。

“哎呀，可以可以，我亲爱的先生，”布朗罗先生连声说道，“我把您给忘了，还有这本倒霉的书。上来吧。可怜的小家伙。再不能耽误时间了。”

书摊掌柜跳上去，马车开走了。

几天后，瘦骨嶙峋、苍白如纸的奥立弗终于醒过来了，仿佛刚刚做完一场漫长的噩梦似的。他从床上吃力地欠起身来，焦虑不安地望了望四周。

“这是什么地方？我这是在哪儿？”奥立弗说，“这不是我睡觉的地方。”

一位衣着整洁、面容慈祥的老太太从紧靠床边的一张扶手椅里站起来，她先前就坐在那儿做针线活。

“嘘，亲爱的，”老太太和蔼地说，“你可得保持安静，要不你又会生病的，你病得可不轻，真够玄的。还是躺下吧，真是好孩子。”老太太一边说，一边轻轻地把奥立弗的头搁到枕头上，将他额前的头发拨到一边。她望着奥立弗，显得那样慈祥，充满爱心。

她替奥立弗取来一些清凉饮料，要他喝下去，然后拍了拍他的脸颊，告诉他必须安安静静地睡着。奥立弗温顺地照办了。

当奥立弗重又睁开眼睛的时候，已经日上三竿了。他感到神清气爽，心情舒畅。这场大病的危机安然度过了。他又回到了尘世。

好心的老太太将奥立弗安顿在壁炉边上，也坐了下来，却忽然大哭起来。

“别见怪，我亲爱的，”老太太说，“我是欢喜才哭的。你瞧，没事了，我太高兴了。”

“你对我太好了，太太。”奥立弗说。

“嗳，你可千万别在意，我亲爱的，”老太太说道，“大夫说布朗罗先生今天上午要来看你，咱们得好好打点一下。你气色越好，他越高兴。”老太太说着，盛上满满一碗肉汤，要奥立弗马上喝下去。

“你喜欢图画吗，亲爱的？”老太太见奥立弗目不转睛地看着对面墙上挂着的一幅肖像画，就问道。

“太太，”奥立弗的目光依然没有离开那张油画，“那位太太的脸多漂亮，多和气啊。”

“哦。”老太太说道，“孩子，画家总是把女士们画得比她们原来的样子更漂亮，要不，就找不到主顾啦。”老太太开心地笑了起来。

“画得真好看。”奥立弗应道。

“哟，你没叫它吓着吧？”老太太发现奥立弗带着一脸敬畏的神情凝视着那张画，不禁大为惊异。

“喔，没有，没有。”奥立弗赶紧回过头来，“只是那双眼睛看上去像是要哭，随便我坐在哪儿，都紧紧望着我，弄得我的心都快蹦出来了。”奥立弗小声地补充道，“像是真的，还想跟我说话呢，只是说不出来。”

奥立弗透过自己的心扉，把那张肖像看得如此真切。不过，他想还是别再让这位好心的老太太操心才好，所以当老太太不再让他看画，他温顺地笑了笑。他刚吞下最后一口肉汤，门上便响起轻轻的敲门声。“请进。”贝德温太太说道，进来的是布朗罗先生。

老绅士步履轻快地走了进来，但不多一会儿，他便把眼镜支到额

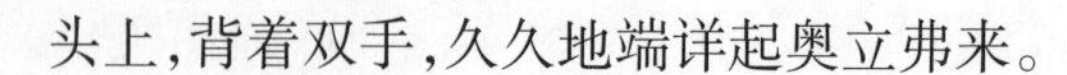

头上，背着双手，久久地端详起奥立弗来。

“可怜的孩子，可怜的孩子。”布朗罗先生说着清了清喉咙，“你感觉怎么样，我的孩子？”

“很快活，先生，”奥立弗回答，“您对我太好了，先生，真不知道怎么感谢您。”

“真是乖孩子，”布朗罗先生说，“汤姆·怀特，唔？”

“我叫奥立弗，先生。”小病人诧异地回答。

“奥立弗，”布朗罗先生推敲着，“奥立弗什么？是叫奥立弗·怀特，嗯？”

“不，先生，是退斯特，奥立弗·退斯特。”

“这名字真怪。”老绅士说道，“那你怎么告诉推事你叫怀特呢？”

“我从来没有这样说，先生。”奥立弗感到莫名其妙。

这话听上去很像是在胡编，老绅士望着奥立弗的面孔，多少带了点愠色。对他是不可能产生怀疑的，他那副瘦削清癯的相貌特征处处都显示出诚实。

“这肯定搞错了。”布朗罗先生说道。

“先生，求您别生我的气，好吗？”奥立弗恳求地抬起了双眼。

“不，不，”老绅士答道，“嗨。那是谁的画像？贝德温，你瞧那儿。”老绅士突然大声惊呼起来。

他一边说，一边忙不迭地指指奥立弗头顶上的肖像画，又指了指孩子的脸。奥立弗的长相活脱脱就是那幅肖像的翻版。那眼睛、头型、嘴，每一个特征都一模一样。

奥立弗不明白这番突如其来的惊呼是怎么回事。因为承受不住这一阵惊诧，他昏了过去。

第四章

奥立弗被南希小姐发现了，却无力反抗，最终被带走了。他被拖进了由无数阴暗窄小的胡同组成的迷宫……

“奥立弗哪儿去了？”老费金杀气腾腾地站了起来，说道，“那小子在哪儿？”

两个小扒手呆呆地望着自己的师傅，似乎被他的火气吓了一跳，彼此忐忑不安地看了一眼，没有回答。

“那孩子怎么啦？”费金一边死死揪住机灵鬼的衣领，“说啊，不然我掐死你。”

“唷，他给逮住了，就这么回事。”机灵鬼沮丧地说。费金怒不可遏地抓起那瓶啤酒，照准小绅士摔去。

“嗬，风风火火的，还真来劲哩。”一个低沉的嗓音愤愤不平地说，“是谁把啤酒往我身上乱泼？幸好只是啤酒，不是那口锅，不然我可得找谁算账了。”

这是一个年约三十五六岁，长得壮壮实实的汉子，长着一张呆板的宽脸膛，胡子已经三天没刮，两只阴沉的眼睛，其中有一只眼睛乌青红肿，那是最近挨了一击留下的。

“你发什么火？在虐待这些孩子吗，你这个贪心不足的老守财奴？”汉子大大咧咧地坐了下来，“我真纳闷，他们怎么没有杀了你。”

“嘘，嘘！赛克斯先生，”老费金浑身直哆嗦，说道，“不要说那么大声。”

“什么先生不先生的，”那恶棍回答，“别来这一套，你从来就没安过好心。你知道我名字，只管叫我的名字。”

“好了，好了，那——比尔·赛克斯，”费金低声下气地说，“你疯了吗？”费金扯了一把赛克斯的衣袖，指了指那两个少年。

赛克斯先生打住话头，要了一杯酒。

两三杯烧酒下肚，赛克斯先生亲自对两位小绅士做了一番询问，奥立弗被捕的起因与经过都给详详细细讲了出来。

“我担心，”费金说道，“他会讲出一些事，把我们也牵进去。”

“很有可能，”赛克斯恶狠狠地咧嘴笑了笑，“你倒霉了，费金。”

“您瞧，我是有些担心，”老费金眼睛紧紧盯着对方，“我担心的是，如果那小把戏牵连上我们，事儿可就闹大了，这对你比对我更为不妙，我亲爱的。”

赛克斯身子一震，朝费金转过身来。可老绅士只是耸了耸肩膀。

“得有人到局子里去打听打听。”赛克斯先生的嗓门比刚才低了许多。

费金点点头，表示赞成。

“只要他没有招供，给判了刑，在他出来之前就不用犯愁，”赛克斯先生说道，“到时候可得看住了。你一定要想办法把他抓在手心里。”

老费金又点了一下头。

至于谁去打听消息，不管是机灵鬼、查理·贝兹，还是费金和比尔·赛克斯先生，个个都对靠近警察局抱有一种强烈的、根深蒂固的反感，谁都不想去。

这时，奥立弗以前见过一次的那两位小姐飘然而至，谈话顿时再度活跃起来。

“来得正巧。”费金说话了，“蓓特会去的，是不是啊，我亲爱的？”

“去哪儿？”蓓特小姐问。

“到局子里跑一趟，我亲爱的。”犹太人道。

她并没有直截了当承认自己不想去，而是表达了一个热切而强烈的愿望:要去的话,她宁可“挨雷劈”。费金转向另一位姑娘。

“南希,亲爱的,”费金用哄小孩的口气说,“你说怎么样呢?”

“我说这办法行不通。试都不用试,费金。”南希回答。

“唔,你恰好是最合适的人,”赛克斯先生说,“这附近没有一个人知道你的底细。”

“我也并不稀罕他们知道,”南希仍旧十分泰然,“比尔,我看多一事不如少一事。”

“她会去的,费金。”赛克斯说道。

赛克斯先生终归说中了。经过轮番的恐吓哄骗,发誓许愿,这位小姐最后还是屈服,接受了任务。

南希小姐打扮了一番,从警察局后边那条路走了进去,在一堵牢门上轻轻敲了敲,谛听着。里边没有响动。

“诺利在吗,喂?”南希小声地说,话音十分柔和,“诺利在不在?”

“唉。”一个有气无力的声音叫道。

“这儿关着一个小男孩吗?”南希的话音里带上了作为开场白的哽咽。

“没有,”那声音答道,“没那事。”

南希又走过几间牢房,可是,那些囚犯听见叫奥立弗没有一个应声,也压根没有听说过他。南希径直找到那位老警官,以最最凄苦的悲叹哀泣,请求他归还自己的小弟弟。

“我没有抓他啊,亲爱的。”老人说道。

“那他在哪儿呢?”南希心烦意乱地哭喊着说。

“嗨,那位绅士把他带走了。”警察回答。

“什么绅士?啊,谢天谢地。什么绅士?”南希嚷了起来。

老人告诉这位装得活灵活现的姐姐,奥立弗在警察局里得了病,对证结果证明,偷东西的是另一个小孩,不是奥立弗。那位起诉人见奥立弗不省人事,就把奥立弗带到自己的住所去了。这名警察只知道是在本顿维尔附近一个什么地方。

南希满腹狐疑，回到费金的住所。

“非得弄清楚他在哪儿不可，宝贝儿，一定要把他找到，”费金激动不已地说，“不管在哪儿找到他都成。一定要找到他，把他找出来，就这么回事！”

奥立弗恢复健康的那些日子是多么幸福啊。周围的一切都是那么宁静，整洁，井井有条，每一个人又都那么和蔼可亲，在他看来，这里简直就是天堂。

贝德温太太对自己那样好，布朗罗先生又叫人替他买了一套新衣裳、一顶新帽子和一双新皮鞋。奥立弗还从来没穿过新衣裳。

一天傍晚，大约是肖像事件之后一个礼拜，布朗罗先生传下话来，他希望能在自己的书斋里见见奥立弗，跟他谈谈。

奥立弗来到书房。布朗罗先生一见奥立弗，把书推到一边，叫他靠近桌旁坐下来。

“书可真多，是吗，我的孩子？”布朗罗先生留意到了，奥立弗带着明显的好奇心，看着那些占满整堵墙壁的书架。

“好多书啊，先生，”奥立弗答道，“我从来没见过这么多书。”

“只要你规规矩矩做人，你也可以读这些书。”老先生和蔼地说，但他的脸色仍然比奥立弗一向所熟悉的要严肃得多，“孩子，我希望你认认真真听我下边的话，我要和你开诚布公地谈一谈，因为我完全相信你能够懂得我的意思，就像许多年龄大一些的人那样。”

“喔，先生，别说您要把我打发走，求您了。”奥立弗叫了起来，老先生这种严肃口吻吓了他一跳，“别把我赶出去，叫我又到街上去流浪，让我留在这儿，先生，可怜可怜一个苦命的孩子吧。”

“我亲爱的孩子，”老先生被奥立弗的激奋打动了，“你不用害怕，我不会抛弃你，除非是你给了我这样做的理由。”

“我不会的，决不会的，先生。”奥立弗抢着说。

“但愿如此吧，”老绅士答应道，“我相信你也不会那样。以前，我也曾尽力接济过一些人，到头来上当受骗。不管怎么样，我依然由衷地信任你。”奥立弗默不作声地坐在旁边。

“好了，好了。”老先生语气轻松了些，“我是说，你有一颗年轻的心，要是你知道我以往曾饱受辛酸苦痛，你或许就不会再一次刺伤我的心了。你说你是一个孤儿，举目无亲，我多方打听的结果都证实了这一点。说说你是哪里人，是谁把你带大的，又是怎么跟那一伙人混到一块儿的。什么也别隐瞒，只要我活在世上一天，你就不会是无依无靠的。”

奥立弗哽咽着，好一会儿说不出话。他刚要开口，大门口却响起一阵不耐烦的敲门声。仆人跑上楼报告说，格林维格先生来了。

“他上楼来了？”布朗罗先生问道。

“是的，先生，”仆人答道，“他问家里有没有松饼，我告诉他有，他说他是来喝茶的。”

布朗罗先生微微一笑，转过脸对奥立弗说，格林维格先生是他的一位老朋友，切不可对他的举止稍有一点粗鲁耿耿于怀，那位先生其实是个大好人。

“要不要我下楼去，先生？”奥立弗问。

“不用，”布朗罗先生回答，“你就留在这儿。”

这时，一个身材魁伟的老绅士走了进来。“嗳，这是什么？”他打量着奥立弗，向后退了两步。

“这就是小奥立弗·退斯特，我们前次谈到的就是他。”布朗罗先生说。

奥立弗鞠了一躬。

“他就是那个患热症的小男孩吧？”格林维格先生说着又往后退了几步。奥立弗见自己成了审查对象，脸唰地红了，又鞠了一躬。

布朗罗先生似乎意识到了，这位脾气古怪的朋友就要说出一些不中听的话来，便打发奥立弗下楼去告诉贝德温太太准备茶点。奥立弗高高兴兴地下楼去了。

“这孩子很漂亮，是不是？”布朗罗先生问道。

“我不知道。”格林维格先生没好气地说，“我从来看不出小毛孩有什么两样的。我只知道有两类孩子。一类是粉脸，一类是肉脸。”

“奥立弗是哪一类的呢？”

“粉脸。我一位朋友的儿子就属于肉脸，他们还管他叫好孩子——圆圆的脑袋，脸蛋红扑扑的，一双眼睛也挺亮，可压根儿就是一个可恶透顶的孩子，嗓门跟领港员差不多，还有一副狼的胃口。我认识他。这个坏蛋。”

“行了，”布朗罗先生说，“小奥立弗·退斯特可不是那样，不至于激起你的火气来啊。”

“是不像那个样子，”格林维格先生回答，“没准还要坏。”

谈到这里，布朗罗先生有点不耐烦地咳嗽起来，格林维格先生却似乎有说不出的兴奋。

“没准还要坏呢。”格林维格先生重复了一遍，“他打哪儿来？姓什么叫什么？是干什么的？他得过热症，那又怎么样？热症不是只有好人才会得，不是吗？坏人有时候也会染上热症，对不对啊？”

“我敢拿我的生命担保，这孩子很诚实。”布朗罗先生说着，敲了敲桌子。

“我敢拿我的脑袋担保他会说谎。”格林维格先生应声说道，也敲了一下桌子。

“走着瞧好了。”布朗罗先生强压怒气说道。

“我们会看到的，”格林维格先生带着一种存心抬杠的微笑回答，“我们会看到的。”

真好像是命中注定似的，就在这工夫，贝德温太太送进来一包书，这是布朗罗先生当天早晨从书摊掌柜那里买的。“叫那送书的孩子等一下，贝德温太太。”布朗罗先生说，“有东西要他带回去。”

“先生，他已经走了。”贝德温太太答道。

“叫奥立弗去送，”格林维格先生脸上挂着讽刺的微笑，说道：“你心中有数，他会平安送到的。”

“是啊，先生，如果您同意的话，就让我去吧，”奥立弗端上茶点，听到这话时请求道，“先生，我一路跑着去。”

布朗罗先生正要开口说奥立弗在这种情形下无论如何是不宜外出的，格林维格先生发出一声饱含恶意的咳嗽。这迫使布朗罗先生决定让奥立弗跑一趟，迅速办完这件事，就可以向格林维格先生证明，他的种种猜疑是不公正的。

“你应该去，我亲爱的。”老绅士说道，“书在我桌子旁边的椅子上，去拿下来。”

奥立弗见自己能派上用场，感到很高兴。他胳臂下夹着几本书匆匆走下楼来，帽子拿在手里，听候吩咐。

“你就说，”布朗罗先生说，“你是来还这些书的，并且把我欠他的四镑十先令交给他。这是一张五镑的钞票，你得把找的十个先令带回来。”

“要不了十分钟我就回来，先生。”奥立弗急急地说，他把那张钞票放进夹克口袋，扣上扣子，小心翼翼地把那几本书夹在胳膊下边，恭恭敬敬鞠了一躬，离开房间。

“我看，最多二十分钟他就会回来，”布朗罗先生一边说，一边把表掏出来，放在桌子上，“到那个时候，天也快黑了。”

“噢，你真以为他会回来，是不是？”格林维格先生问。

“你不这样看？”布朗罗先生微笑着反问道。

存心抬杠的劲头在格林维格先生的胸中本来就难以按捺，看到朋友那副蛮有把握的笑容，他更有劲了。

“是的，”他用拳头捶了一下桌子，说道，“我不这样看，这孩子穿了一身新衣服，胳膊下边夹了一摞值钱的书，兜里又装着一张五镑的钞票。他会去投奔那班盗贼老朋友的，反过来笑话你。先生，要是那孩子回来了，我就把自己脑袋吃下去。”

说罢，他把椅子往桌旁拉了拉。两个朋友一言不发，各怀心事，表放在他俩之间。

天色已经很暗,连表上的数字也几乎辨认不出来了。两位老先生依然默不作声地坐在那儿。

奥立弗·退斯特正走在去书摊的路上,他做梦也没想到,恶棍赛克斯及南希姑娘就在咫尺之间的小酒馆里。正当他兴冲冲走着的时候,一个年轻女子高声尖叫起来,吓了他一大跳。"喔,我亲爱的弟弟!"他还没来得及看清是怎么回事,便被人紧紧搂住了脖子,迫使他停住了脚步。

"哎呀,"奥立弗挣扎着嚷了起来,"放开我。是谁呀?你干吗拦着我?"

搂住他的这位年轻女子用一大串呼天抢地的高声哭喊做了回答。

"呃,我的天啦!"年轻女子叫道,"我可找到他了!呃!奥立弗!奥立弗!你这个顽皮孩子,为了你的缘故,我吃了多少苦头。回家去。亲爱的,走啊。噢,我可找到他了,谢谢仁慈厚道的老天爷,我找到他了!"

这一番喊叫引得两个过路的女人驻足观看。

"太太,什么事?"一个女人问道。

"喔,太太,"年轻女子回答,"我是他姐姐,一个月以前,他从爸妈那儿出走了,他们可是干活卖力、受人尊敬的人。他跑去跟一伙小偷坏蛋混在一起,妈的心都快碎了。"

"小坏蛋!"一个女人说道。

"回家去,走啊,你这个小畜生。"另一个说。

"我不,"奥立弗吓坏了,回答说,"我不认识她。我没有姐姐,也没有爸爸妈妈。我是一个孤儿,住在本顿维尔。"

"你们听听,他还嘴硬!"少妇嚷嚷着。

"呀,南希!"奥立弗叫了起来,他这下才看清了她的脸,不由得惊愕地往后退去。

"你们瞧,他认出我来了!"南希向周围的人高声呼吁,"他自己也糊弄不过去了，他真要把他爹妈活活气死，我的心也要给他碾碎了。”

“这算什么事啊？”一个男人从一家啤酒店里奔了出来，身后紧跟着一只白狗，“小奥立弗！回到你那可怜的母亲那儿去，小狗崽子！照直回家去。”

“我不是他们家的。我不认识他们。救命啊！救命啊！”奥立弗喊叫着，在那个男人强有力的臂膀里拼命挣扎。

“救命！”那男人也这么说，“没错，我会救你的，你这个小坏蛋。这是些什么书啊？是你偷来的吧，是不是？把书拿过来。”说着，他夺过奥立弗手中的书，使劲敲他的脑袋。

“打得好！”一个看热闹的人赞许道。

“对他有好处！”两个女人齐声说。

“这是他自找的！”那个男人，又给了奥立弗一下，一把揪住他的衣领，“走啊，你这个小坏蛋！”

一个苦命的孩子，大病初愈，身体虚弱，这一连串突如其来的打击搞得他晕头转向。那只狂吠的恶犬是那样可怕，那个男人又是那样凶横，再加上围观者已经认定他确实就是大家描述的那么一个小坏蛋了，他能有什么办法！反抗是徒劳的。紧接着，他被拖进了由无数阴暗窄小的胡同组成的迷宫，被迫跟着他们一块儿走了。速度之快，使他大着胆子发出的几声呼喊也变得模糊不清。

煤气街灯已经点亮。贝德温太太焦急不安地守候在敞开的门口，仆人已经无数次跑到街上寻找奥立弗。客厅里没有点灯，两位老绅士依然正襟危坐，面对放在他俩之间的那块怀表。

第五章

奥立弗重又回到费金的老窝里，并得到了许多令人难以接受的关照和开导。

一路上急急奔走，南希姑娘再也支持不住了。赛克斯朝奥立弗转过身来，厉声命令他拉住南希的手。

“听见没有?”赛克斯见奥立弗缩手缩脚，直往后看，便咆哮起来。

这地方是一个黑洞洞的角落，周围没有一点行人的踪迹。抵抗是完全没有作用的。奥立弗无奈，只好伸出一只手，立刻被南希牢牢抓住。

“把另一只手伸给我，”赛克斯抓住奥立弗的另一只手，“喂，先生，这下你知道你会得到一个什么结果了，你高兴怎么喊就怎么喊吧，跟上。”

夜色一片漆黑，大雾弥漫，街道、房屋全都给包裹在朦胧混浊之下，这个陌生的地方在奥立弗眼里变得更加神秘莫测，他的心情也越来越低沉沮丧。

一阵深沉的教堂钟声传来，两个领路人不约而同停了下来，朝钟声的方向转过头去。

“八点了，比尔。”钟声停了，南希说道。

“用不着你说，我听得见。”赛克斯回答。

“不知道他们是不是听得见。”

“那还用说，”赛克斯答道，“监狱里没有什么听不见的。晚上，把我锁起来以后，外边吵啊、闹啊，搞得那个老得不能再老的监狱愈发死寂，我差一点没拿自己的脑袋去撞门上的铁签子。”

“可怜的人啊。”南希说话时依然面朝着传来钟声的方向，“比尔，那么些漂亮小伙子。”

“没错，你们女人家就只想这些，”赛克斯答道，“漂亮小伙子，唔，就当他们是死人好了。”

南希姑娘说：“假如下次敲八点的时候，出来上绞刑台的是你，比尔，我也不赶着走开了。我就在这地方兜圈子，一直到我倒下去为止，哪怕地上积了雪，而我身上连一条围脖儿也没有。”

“那可怎么好呢？”赛克斯先生冷冰冰地说，“除非你能弄来一把锉刀，外带二十码结实的绳子，那你走五十英里也好，一步不走也好，我都无所谓。走吧，别站在那儿做祷告了。”

姑娘扑哧一声笑了起来，裹紧围巾，他们便上路了。然而，奥立弗感觉到她的手在发抖。他抬起眼睛，看见她脸色一片惨白。

他们沿着肮脏的背街小路一个劲往前奔，一直跑到一家铺子门前才停下。这所房子破败不堪，铺门紧闭，里边显然没有住人。

“到了。”赛克斯叫道，一边审慎地扫了四周一眼。

房门悄无声息地开了。赛克斯先生毫不客气地揪住吓得魂不附体的奥立弗，三个人快步走了进去。

“有没有人？”赛克斯问。

“没有。”一个声音答道，奥立弗觉得这声音以前听到过。

“老家伙在不在？”这强盗问。

“在，”那个声音回答，“唉声叹气没个完。他哪儿会高兴见到你呢？不会的。”

杰克・达金斯先生，也就是机灵鬼的身影出现了，他右手擎着一支蜡烛。

这位小绅士只是滑稽地冲着奥立弗咧嘴一笑，算是打了招呼，便转过身，嘱咐来客跟着自己走下楼梯。他们穿过一间空荡荡的厨房，来到一个满是泥土味的房间。这功夫老费金摘下睡帽,对着手足无措的奥立弗连连打躬,身子弯得低低的。机灵鬼这时毫不含糊地把奥立弗的衣袋搜刮了一遍。

"瞧他这身打扮,费金。"查理·贝兹少爷说道,把灯移近奥立弗的新外套,险些儿把它烧着了,"头等的料子,喔,我的天,太棒啦。还有书呢,没说的,整个是一绅士,费金。"

"看到你这样光鲜真叫人高兴,我亲爱的,"老犹太佯装谦恭地点了点头,"机灵鬼会另外给你一套衣裳,我亲爱的,省得你把礼拜天穿的弄脏了。"

这当儿机灵鬼已经把那张五镑的钞票搜了出来,"喂。那是什么?"老费金刚一把夺过那张钞票,赛克斯便上前问道,"那是我的,费金。"

"不,不,我亲爱的,"老犹太说,"是我的,比尔,我的,那些书归你。"

"不是我的才怪呢。"比尔·赛克斯恶狠狠地说道,"我跟南希两人的,告诉你,我会把这孩子送回去的。"

老费金吓了一跳,奥立弗也吓了一跳。"喂。交出来,你交不交?"赛克斯说。

"这不公平,比尔,太不公平了,是吗,南希?"老费金提出。

"什么公平不公平,"赛克斯反驳道,"拿过来,你这个老不死的,就剩一把骨头了,还那么贪心,你给我拿过来。"

赛克斯先生一把夺过钞票,折小了,扎在围巾里。

"这是我们应得的酬劳,"赛克斯说,"连一半儿都不够呢。你要是喜欢看书,把书留下好了。"

"书是那位老先生的,"奥立弗绞着双手说道,"就是那位慈祥的好心老先生,我得了热症,差点死了,他把我带到他家里,照看我。求求你们,把书送回去,把书和钱都还给他,你们要我一辈子留在这儿都行,可是求求你们把东西送回去。他会以为是我偷走了,还有那位老太太——他们对我那样好,也会以为是我偷的。啊,可怜可怜我,把书和钱送回去吧。”

奥立弗痛不欲生,跪倒在费金的脚边,双手合在一起拼命哀求。

“说的有点道理。”费金两道浓眉紧紧地拧成了一个结,说道,“你是对的,奥立弗,有道理,他们会认为是你偷走了这些东西。哈哈!就算让我们来挑选时机,也不可能这么巧。”

奥立弗猛然跳起来,不顾一切地冲出门去,一边高声呼喊救命,这所空空如也的旧房子顿时连屋顶都轰鸣起来。

费金同两个徒弟狠命把奥立弗架了回来。

“你还想跑哦,我亲爱的,是不是?”费金说着,把粗大的棍子拿在手里,“呃?”

奥立弗没有答话,他呼吸急促,注视着老费金的一举一动。

“你想找人帮忙,把警察招来,对不对?”费金冷笑一声,抓住奥立弗的肩膀,“我的小少爷,我们会把你这毛病治好的。”

费金抡起棍子,狠狠地照着奥立弗肩上就是一棍。他正要来第二下,南希姑娘扑了上去,从他手中夺过木棍,用力扔进火里,溅出好些通红的煤块,在屋里直打转。

“我不会袖手旁观的,费金,”南希喝道,“你已经把孩子搞到手了,还要怎么样?你放开他,不然,我就把那个戳也给你们盖几下,提前送我上绞架算了。”

姑娘使劲地跺着地板,发出这一番恫吓。她抿着嘴唇,双手紧握,依次打量着费金和赛克斯,脸上没有一丝血色,这是由于激怒造成的。

“嗳,南希啊,”过了一会儿,费金跟赛克斯先生不知所措地相互看了一眼,口气和缓地说道,“你——你可从来没像今儿晚上这么懂事呢,哈哈。我亲爱的,戏演得真漂亮。”

“是又怎么样。”南希说道,“当心,别让我演过火了。真要是演过火了,费金,你倒霉可就大了,我告诉你,趁早别来惹我。”

“你这是什么意思?”赛克斯问,“活见鬼。你知道你是谁,是个什么东西？”

“喔，知道，我全知道。”姑娘歇斯底里地放声大笑起来。

“那好，你就安静点儿吧，”赛克斯大吼大叫，“要不我会让你安静下来的。”

“嗨，嗨，赛克斯，”费金用规劝的嗓门提醒道，指了指站在一旁的几个少年，他们正瞪大眼睛看着发生的一切，“大家说话客气点儿，客气点儿，比尔。”

“客气点儿！”南希高声叫道。她满面怒容，看着让人害怕。“客气点儿，你这个坏蛋！不错，这些话就该我对你说。我还是个小孩的时候，年龄还没他一半大，我就替你偷东西了。”她指了指奥立弗，“我干这种买卖，这种行当已经十二年了。你不知道吗？说啊。你知不知道？”

“得，得，”费金一心要息事宁人，“就算那样，你也是为了混口饭吃。”

“哼，混口饭吃。”姑娘用一连串厉声喊叫把话倾泻出来。“我混口饭吃，又冷又湿的肮脏街道成了我的家，很久以前，就是你这个恶棍把我赶到街上，要我待在那儿，不管白天晚上，晚上白天，一直到我死。”

“你要是再多嘴的话，我可要跟你翻脸了。”老费金被这一番辱骂激怒了，打断了她的话，“我翻起脸更不认人。”

姑娘没再多说，她怒不可遏地撕扯着自己的头发和衣裳，朝费金撞了过去，要不是赛克斯眼明手快，一把抓住她的手腕，说不定已经在费金身上留下复仇的印记了。她软弱无力地挣扎了几下便昏了过去。

“她眼下没事了，”赛克斯说着把她放倒在角落里，“她这么发作起来，胳膊劲大着呢。”

“把这套漂亮衣服脱下来，”查理带着奥立弗进了一间空房，说道，“我去交给费金保管。真有趣。”

奥立弗很不情愿地照办了，贝兹少爷把新衣裳卷起来，夹在胳膊下边，随手锁上房门，离去了，把奥立弗一个人丢在黑暗之中。

邦布尔先生坐着公共马车来到了伦敦。安排好住宿，独自来到饭馆吃晚餐。他将一杯滚烫的掺水杜松子酒放在壁炉架上，把椅子扯到炉边坐了下来，读起一份报纸来。他痛感世风日下，人心不足，一时间感慨万千。

忽然，他的目光停留在一则启事上。

赏格五十镑

今有一男孩，名奥立弗·退斯特，上礼拜四傍晚从家中失踪，一说被人诱拐出走，迄今下落不明。凡能告知其踪迹或透露其昔日经历者均可获酬金五十镑。启者于此甚为关切，诸多缘由，恕不详述。

接下来是对奥立弗的穿着、身材、外貌以及如何失踪的详尽描述，最后是布朗罗先生的姓名和地址。

邦布尔先生睁大眼睛，字斟句酌地把告示翻来覆去读了几遍。不一会儿，他已经走在去本顿维尔的路上了。冲动之下，他丢下了那一杯热腾腾的掺水杜松子酒，连尝也没尝一口。

“布朗罗先生在家吗?”邦布尔先生向开门的女仆报出奥立弗的名字，以此说明来意。一直在客厅门口侧耳聆听着的贝德温太太立刻快步来到走廊里。

“进来吧——进来吧，”老太太说道，“我知道会打听到的，苦命的孩子。愿主保佑他。”

邦布尔先生走进里间的小书斋，里边坐着的是布朗罗先生和他的朋友格林维格先生，两人面前放着几个酒瓶和玻璃酒杯。

“先生，你是看到那张告示才来的吧?”布朗罗先生问道。

“是的，先生。”邦布尔先生说。

“你是教区干事，是不是啊?”格林维格先生很有把握地说。

“两位先生，我是教区干事。”邦布尔先生的口气十分自豪。

布朗罗先生斯文地问道，“你知不知道那可怜的孩子眼下在什么地方？”

“一点也不比你们知道的多。”邦布尔先生回答。

“哦，那你究竟知道些什么呢？”老绅士问，“请直说，朋友，如果你有什么事要说的话。你到底知道他一些什么？”

“你碰巧知道的该不会都是什么好事吧，对不对？”格林维格先生讥讽地问。

布朗罗先生心事重重地望着邦布尔，请他尽可能地把他所知道的有关奥立弗的事都谈出来。

邦布尔先生摘下帽子，解开大衣，以一副追溯往事的架势低下头，沉吟片刻，开始讲述奥立弗的故事。

复述这位教区干事的话不免倒人胃口，大意是说，奥立弗是个弃儿，生身父母都很低贱，而且品性恶劣。打出生以来，他表现出的只有恩将仇报，心肠歹毒，此外没有任何好一点的品质。在出生地，因对一位无辜少年进行残暴的攻击，晚间由主人家中出逃。为了证实自己的确不是冒名顶替，邦布尔先生把随身带来的几份文件摊在桌上，听凭布朗罗先生过目。

“一切看来都是真的，”布朗罗先生看罢文件，痛心地说道，“对于你提供的情况，五十镑不算丰厚，可如果对孩子有好处，我非常愿意付你三倍于此的酬金。”

邦布尔先生早一点得知这一消息，他完全可能会给奥立弗的简历染上一种截然不同的色彩，但是，现在为时已晚，他煞有介事地摇了摇头，把五十英镑放进钱袋，告退了。

布朗罗先生在屋子里踱来踱去，走了好一会儿，教区干事讲的事情显然搅得他心绪不宁，连格林维格先生也只得捺住性子，以免火上浇油。

布朗罗先生终于停了下来，狠命地摇铃。

“贝德温太太，”女管家刚露面，布朗罗先生就说道，“那个孩子，奥立弗，他是个骗子。”

“不会的，先生，这不可能。”老太太坚信不疑。

“我说他是，”老绅士反驳道，“你说不可能是什么意思？我们刚听人家把他出生以来的情况详详细细讲了一遍，他自始至终都是一个十足的小坏蛋。”

“反正我不信，先生，”老太太毫不退让，“决不信。”

“你们这些老太太就是什么也不信，”格林维格先生怒吼起来，“他怪可怜的，不是吗？可怜？呸！”

“他是个好孩子，知道好歹，又斯文听话，先生，”贝德温太太愤愤不平地抗议道，“小孩子怎么样我心里有数，先生，就是这样。”

老太太把头往上一抬，拂了拂围裙，正打算再理论一番，却叫布朗罗先生止住了。

“静一静。”布朗罗先生一脸怒容，说道，“永远别再跟我提到那孩子的名字。永远，绝不可以用任何借口提起他，你可以出去了，贝德温太太，记住。我是十分认真的。”

那天夜里，布朗罗先生家里有好几颗心充满忧伤。

一想起自己那些好心的朋友，奥立弗的心顿时沉了下去。幸好他无从得知他们所说的事，否则，他的一颗心也许已经碎了。

一个礼拜以后，老费金不再锁门，奥立弗可以随意在房子里走动了。

一天下午，机灵鬼和贝兹少爷准备晚上出门的事，命令奥立弗帮他们擦皮鞋。

“你大概连扒包是怎么回事都不知道吧？”机灵鬼悲哀地问。

“这个我懂，”奥立弗抬起头，回答说，“就是小——你就是一个，对吗？”

“是啊，”机灵鬼答道，“别的活儿我还看不上眼呢。查理是，费金是，还有赛克斯、南希、蓓特，全都是小偷。”

“可不是嘛，”查理说道，“奥立弗，你干吗不拜费金为师呢？”

“不想很快发财？”机灵鬼笑了笑，补充道。

“有了钱就可以告老退休，做上等人。”查理骄傲地说。

“我不喜欢这种事，”奥立弗怯生生地回答，“你们放我走就好了，我——我——很想走。”

“费金才不想放你走哩。”查理答道。

“瞧瞧，”机灵鬼掏出一大把钱，得意扬扬地，“这才叫快活日子呢。谁管它是从哪里弄来的？那些地方钱还多着呢。你不要？哟，你真是个可爱的小傻瓜。”

贝兹少爷把自己在道德方面的种种信条都搬了出来，炫耀他们这种日子带来的无穷乐趣，用各种各样的话语暗示奥立弗，最好马上采用他们的方法来博得费金的欢心。

“假如你不去拿手绢和金表的话，”机灵鬼把谈话调整到奥立弗能听懂的水平，“别人也会去拿的。那么丢东西的家伙全都倒了霉，你也没有划算，撇开捞到东西的小子不算，谁也摊不上一星半点好处——你跟他们没什么两样，也有权利得到那些东西。”

“千真万确，千真万确。”费金说道，不知他什么时候悄悄进来的，“事情一点不困难，我亲爱的，容易极了，你相信机灵鬼的话好了。哈哈！他挺在行的。”

费金老头喜滋滋地搓了搓手，对机灵鬼这番头头是道的论述表示认可。眼见徒弟们这样有出息，他乐得咯咯直笑。

谈话没再继续下去，因为与费金一起来的还有蓓特小姐和奥立弗不认识的另一位绅士，机灵鬼管他叫汤姆·基特宁。

“你猜这位绅士打哪里来，奥立弗？”老费金吩咐别的孩子张罗酒和杯子，笑嘻嘻地问。

“我——我——不知道。先生。”奥立弗回答。

“那是谁呀?”汤姆·基特宁轻蔑地看了奥立弗一眼,问道。

“我的一位小朋友,亲爱的。”费金回答。

“那他还算运气不错,”小伙子意味深长地望了望费金,说道,“别管我是哪里来的,小家伙。要不了多久你也会找着门的,我拿五先令打赌。”

这句话引得两个少年笑了起来,他们就这一个话题开了几句玩笑,与费金低声说了几句话,便出门去了。

不速之客与费金到一旁交谈了几句。两人把椅子拉到壁炉前。费金招呼奥立弗坐到他的身旁,将谈话引入了最能激发听众兴趣的话题,比如说,干这一行的巨大优势啦,机灵鬼的精明干练啦,查理·贝兹的亲切可爱啦,以及费金自己的豪爽大方什么的。

简而言之,诡计多端的老费金意在使这孩子落入圈套,让他感到在这样一个阴森凄凉的地方,随便与什么人为伍都比独自沉浸在孤独愁苦中好受一些,他正将毒汁缓缓地注入这孩子的灵魂,企图将那颗稚嫩的心变黑,永远改变它的颜色。

第六章

奥立弗被逼着与强盗赛克斯等人远征，去施行一项计划。由于奥立弗不愿意，赛克斯一把抓住他的手腕，从桌上拿过一支手枪，将枪口对准奥立弗的太阳穴……

这是一个寒冷潮湿、阴风怒号的夜晚。费金穿上外套，将自己枯瘦的躯干紧紧地裹了起来。他把衣领翻上去盖住耳朵，将下半个脸藏得严严实实，走出老巢，穿过一条蜿蜒曲折的小路，走过一片草地，又突然向左一拐，很快就走进一座由龌龊的小街陋巷组成的迷宫，在当街一所房子跟前，敲了敲门，同开门的人嘀咕几句，便上楼去了。

他刚一碰门把手，一只狗便立刻咆哮起来，一个男人的声音问是谁来了。

"是我啊，比尔，就我一个。真是一只可爱的小东西。"费金一边夸着那条脏兮兮的恶犬，一边朝屋里望。

"不赖。"赛克斯说。

"不赖，我亲爱的，"老犹太答道，"啊，南希。"

后一句招呼的口气有些尴尬，表明他拿不准对方会不会搭理，自从南希偏袒奥立弗的事发生以后，费金先生和他的这位女弟子还没见过面。

南希敏捷地从食橱里拿出一瓶酒，赛克斯倒了一杯白兰地，要老费金干了它。

"足够了，比尔，多谢了。"费金把酒杯举到嘴边碰了碰，便放下了。

赛克斯先生发出一声沙哑的嘲笑，抓起酒杯，把里边的酒泼进炉灰里，重新为自己满满地倒了一杯，作为见面礼，端起来一饮而尽。

"谈买卖，"赛克斯回答，"有话就说。"

"说的是杰茨那个场子，比尔？"费金把椅子拉近一些，声音压得很低。

"干不了。"赛克斯冷冷地答道。

"当真干不了？"费金应声说道，身体一下仰靠在椅子上。

"是啊，干不了，"赛克斯回答，"甚至不像我们估计的那样，可以来个里应外合。"

"那就是功夫不到家，"费金气得脸色发青，"别跟我说这些。"

"费金，"赛克斯毅然决然地说，"干脆从外边下手，再加五十个金币，值不值？"

"值啊。"费金好像突然醒过来，说道，"说定了，我亲爱的，说定了。"老费金兴奋起来，两眼炯炯发光，脸上的每一块肌肉都在跳动。

"不过，"赛克斯说，"还要一把摇柄钻和一个小孩子。头一件我有，第二件你得替我们物色到。"

"一个小孩子。"费金嚷道，"哦。太妙了，唔？"

费金朝依然呆呆地望着炉火发愣的南希点了点头，打了一个暗号，示意赛克斯叫姑娘离开这间屋子。

"说呀，"南希淡漠地顶了一句，"说啊，费金。比尔，我知道他下边要说什么，他用不着提防我。"

老犹太还在犹豫。赛克斯看看这个，又看看那个，有些莫名其妙。

"嗨，费金，你别担心这丫头了，好不好？"他说道，"你认识她时间也不短了，也该信得过她。她不会乱嚼舌头的，是吗，南希？"

"我说不准她会不会又疯疯癫癫的，你知道吗，亲爱的，就像那天晚上的样子。"老犹太回答。

听了这话，南希小姐放声大笑，一仰脖子喝下去一杯白兰地。

"现在行了，费金，"南希笑吟吟地说道，"马上告诉比尔，关于奥立弗的事。”

“哈。你可真机灵，亲爱的，算得上我见过的姑娘中最聪明的一个。”费金说着，拍了拍她的脖子，“没错，我正要说奥立弗的事呢。哈哈哈！”

“奥立弗？嗯，个子倒是合适。”赛克斯先生沉思着说。

“而且什么事都能替你做，亲爱的比尔，”费金道，“他非干不可，就是说，只要多吓唬吓唬他。”

“为什么，”赛克斯恶狠狠地瞪了自己这位精明的搭档一眼，“一个脸白得像粉笔的小毛孩，你怎么这样舍得花力气？”

“他非得跟我们待在一条船上不可。你别管他是怎么走到这一步的。我有的是办法叫他干一回打劫，这样，可比迫不得已干掉这个穷小子强多了——那样干很危险，再说我们也吃亏啊。”老费金明智地说。

三个人你一言我一语地议论开了，商定南希在第二天天黑的时候前往费金的住所，把奥立弗接过来。为这一次经过深思熟虑的行动着想，可怜的奥立弗将无条件地交给比尔·赛克斯先生看管监护。

这些预备事项安排停当，费金又像来的时候那样将自己裹起来，离开赛克斯的住所，回到自己阴暗的老巢里。

早晨，奥立弗醒了，发现自己那双旧鞋不翼而飞，床边放着一双鞋底厚厚实实的新鞋，他不禁吓了一大跳。刚开始他还很高兴，以为这是自己即将获得自由的预兆。他坐下来，跟费金一起吃早饭时，这些想法就顿时化成了泡影，老头儿说话时的口气和脸色更增添了他的恐慌。费金告诉奥立弗，当天夜里要把他送到比尔·赛克斯那里去。

“我寻思，”老头儿说话时一双眼睛盯在奥立弗身上，“你很想知道上比尔那里干什么去——啊，宝贝儿？”

一听老贼对自己的想法了如指掌，奥立弗不由得红了脸，但还是大着胆子说，是的，他的确很想知道。

“你想想看，去干什么？”费金反过来问他。

“先生,我真的不知道。”奥立弗回答。

“呸。”费金唾了一口,对着孩子的面孔细细察看了一番,带着一副沮丧的神情转过身去,“那,等比尔告诉你吧。”

看得出来,奥立弗在这个问题上没有表示出更浓厚的好奇心,老头儿显然大为光火。

“当心一点,奥立弗。当心。”老头儿挥了挥手,像是在警告他,“他是个鲁莽家伙,发起性子来连命都不要。不管发生什么事,一句话也别说,他要你干什么,你就干什么。留神些。”费金重重地吐出最后一句话,绷紧的脸露出一丝狞笑,离开了房间。

奥立弗明白了,是让他跟着赛克斯去偷盗打劫。一阵突如其来的恐惧,奥立弗双膝跪下,祈求上苍别让自己作这份孽,哪怕叫他立刻倒地身死,也别让他犯下那些令人发指的弥天大罪。

奥立弗用双手捂住脸,这时一阵声音惊动了他。

“什么东西!”他大叫一声跳了起来,一眼看见门边站着一个人影,“谁在那儿?”

“我,我啊。”一个颤悠悠的嗓音回答说。

奥立弗把蜡烛举过头顶,朝门口看去。原来是南希。

“我真不知道有时候是怎么回事,”她一边说,一边装出轻松的样子,“这间又潮又脏的屋子。喂,亲爱的,准备好了没有?”

“我跟你一起去吗?”奥立弗问。

“对,我刚从比尔那里来,我们俩一起去。”

“去干什么?”奥立弗往后一退,说道。

“干什么?”南希眼睛朝上翻了翻,她的目光刚一接触孩子的眼睛,便又转向一边,“噢。不是去干坏事。”

“我不信。”奥立弗紧盯着她说。

“随你怎么说,”姑娘强打起笑脸,答道,“当然,也不是什么好事。”

奥立弗看得出,自己多多少少能够赢得这姑娘的好感,一个念头油然而生,以自己哀哀无告的处境来求得她的同情,放自己去逃生。

“嘘!”孩子的这念头瞒不过姑娘,南希弯下腰来,机警地看了看周围,用手指了一下门。“你自个儿没法子。为了你,我已经下死劲试过了,可都没用,他们把你看得很牢,你真要是想逃走,现在也不是时候。”

奥立弗抬起头,目光紧紧地盯着她,南希眉宇间那种热切的表情震撼着他,看来她说的是实话:她的脸色因激动而变得苍白,浑身抖个不停,看得出她不是说着玩的。

“我已经救了你一回,免你挨了一顿打,”姑娘高声说道,“我答应过,说你会不吵不闹,一声不吭地跟他们去,要是你不这样做,只会害了自己,还有我,说不定会要了我的命。”

她一把抓住奥立弗不自觉地伸过来的手,吹灭蜡烛,拉着他走上楼去,隐藏在黑暗中的一个人影迅速打开门,等他们走出去,门又很快关上了。一辆双轮马车正在门外等候,姑娘拉着奥立弗登上马车,车夫不待吩咐,毫不拖延地抽了一鞭,马车全速开走了。

姑娘一路上紧紧抓住奥立弗的手,继续把自己的种种警告与保证送进他的耳朵。这一切来得这么迅疾仓促,奥立弗还没顾得上想一下自己是在什么地方,是怎么来的,马车已经在赛克斯住的那所房子前边停下来。

在短短的一刹那,奥立弗匆匆扫了一眼空旷的街道,呼救的喊声已经到了嘴边。然而,南希的声音在他耳旁响了起来,那声音恳求自己别忘了她的话,语气是那样痛苦,奥立弗没有勇气喊出声来。犹豫中,机会错过了,这功夫他已经走进屋子,门关上了。

“这边,”南希说道,这才松开手。“比尔。”

“哈啰。”赛克斯出现在楼梯顶上,手里擎着一支蜡烛,“喔。来得正是时候。上来吧。”

“你到底把这小家伙弄来了。”赛克斯待他俩走进房间,关上房门,才说道。

“是的,弄来了。”南希回答。

“路上没出声?”

“跟一只小羊羔似的。”

“这样很好,”赛克斯阴沉地打量着奥立弗,“我可是看在他那一身细皮嫩肉的分上,要不有他好受的。小家伙,过来,我给你上堂课,还是现在就上的好。”

这强盗一把抓住奥立弗的手腕,从桌上拿过一支手枪,将枪口对准他的太阳穴,顶了上去,“你跟我出门的功夫,只要随便乱说一个字,子弹就会钻进你的脑袋,连声招呼都不打。所以,如果你真的打定主意要随口说话,就先把祷告做了吧。”

吃晚饭时,赛克斯先生命令南希五点钟准时叫醒他。遵照同一位权威人士的命令,奥立弗连衣服也没脱,就在地板上的一床垫子上躺下来。他醒来的时候,桌上已经摆满茶具,赛克斯先生正把各种东西塞进一件大衣口袋里,南希忙着准备早餐。天还没亮,屋里依然点着蜡烛。外面一片漆黑,一阵骤雨敲打着窗户,天空黑沉沉的,布满了乌云。

“喂,喂。”赛克斯咆哮着,这时奥立弗已经一骨碌爬起来,“五点半了。快一点儿,要不你就吃不上早饭了,本来就晚了一点。”

奥立弗胡乱吃了一点东西,当赛克斯板着脸问他的时候,他回答说自己都准备好了。

南希尽量不正眼看奥立弗,她扔过来一条手绢,要他系在脖子上。赛克斯给了他一件粗布斗篷,叫他披在肩上扣上扣子。装束已毕,这强盗顿了顿,随即满脸杀气地示意,那把手枪就放在他的大衣侧边口袋里面。他紧紧抓住奥立弗的手,跟南希相互说了声再会,就领着他出发了。

走到门边,奥立弗猛地转过头,盼望能看到姑娘的眼色,然而她掉转过头去,纹丝不动地坐在那里。

这天早晨正逢赶集。赛克斯先生拖着奥立弗往前走,他用胳膊肘从密集的人群中拨开一条路，对人们诧异的目光和抱怨的声音毫不在意。

“喂，小家伙，”赛克斯抬眼看了看圣安德鲁教堂的大钟，说道，“快七点了。走快点。别再落在后头啦，走啊，懒虫。”

说着，赛克斯先生在小伙伴的手腕上狠命捏了一把，奥立弗只得咬紧牙，加快步伐，一路小跑，尽力跟上这个大步流星的强盗。

这时后边一辆拉货的马车赶了上来。赛克斯见车上写着“杭斯洛”字样，便拉着奥立弗上了马车，车把式指了指一堆麻袋，要他在那儿躺下来，歇一会儿。

马车驶过一块又一块路牌，奥立弗越来越感到沮丧，不知道那强盗到底要把自己带到什么地方去。

这一夜黑得出奇，湿漉漉的雾气从河上、从沼泽地里升起来，在沉寂的原野上弥漫开去。寒意料峭，一切都显得阴森而幽暗。马车停住了。两个人跳下车来。赛克斯抓住奥立弗的手，又一次徒步朝前走去。

他们来到一个僻静的房子前面，赛克斯手一推，门悄无声息地开了。

“哈啰！”他们刚踏进过道，就听见一个沙哑的大嗓门嚷起来。

“别那么大声嚷嚷，”赛克斯一面说，一面关上门，“托比，给照个亮。”

“啊哈！我的老伙计，”那声音嚷着说，“照个亮，巴尼，照个亮。”从另一边门里，先是闪出一道朦胧的烛光，接着出现了一个人影，“赛克斯先生。”巴尼叫道，那份高兴劲也不知是真是假，“进来，先生，进来吧。”

“听着，你先穿好衣服。”赛克斯边说边把奥立弗拉到前边，“快点儿。小心我踩着你的脚后跟。”

赛克斯嫌奥立弗动作迟缓，恶狠狠骂了一句，推着他朝前走去。他们走进一间低矮昏暗、烟雾弥漫的房间。一个男人直挺挺地躺在长椅上，两条腿高架着，正用一根长长的陶制烟斗吞云吐雾。那人目光落到了奥立弗身上，翻身坐起来，问这是什么人。

“那个孩子，就是那个孩子啊。”赛克斯把一张椅子拉到火炉旁，答道。

“肯定是费金先生的徒弟。”巴尼笑嘻嘻地大声说。

“是费金的，哦。”托比打量着奥立弗，叫道，“不赖，要叫他清理小教堂里那班老太太的口袋，可是个顶好的宝贝。脸蛋子就是他的摇钱树。”

“好了，”赛克斯在椅子上坐好，说道，“趁这工夫，快给我们点吃的喝的，提提精神。小老弟，坐下烤烤火，歇一会儿，今天晚上你还得跟我们出门，虽说路不算太远。”

奥立弗没敢出声，胆怯而又迷惑地看了看赛克斯，搬了一张凳子放在壁炉旁边，坐下来，双手支住发胀的脑袋。他一点不知道自己到了什么地方，也不知道究竟会发生什么事。

“给这孩子喝一口，”托比斟了半杯酒，说道，“把这喝下去，小天真。”

“我，”奥立弗抬起头，可怜巴巴地瞅着那人凶狠的面孔。“我真的——”

“喝下去。”托比应声说道，“我清楚什么对你有好处！比尔，叫他喝下去。”

“他犟不过去。”赛克斯说道，一只手在衣襟上拍了拍，“这小子比那些机灵鬼都要麻烦，喝，你这个不识抬举的小鬼头，喝。”

奥立弗被这两个家伙凶神恶煞的样子吓坏了，赶紧把杯里的酒一口气吞了下去，随即拼命地咳嗽起来，逗得托比和巴尼乐不可支，连绷着脸的赛克斯先生也露出了一丝笑容。

奥立弗昏昏沉沉地打起瞌睡来，仿佛是在黑洞洞的胡同里走迷了路，又像是在教堂墓地里游来游去，过去一天中的种种场景梦境一般浮现在眼前。突然间，托比·格拉基特一跃而起，说已经一点半了。

奥立弗被他搅醒了。

一眨眼，另外两个人也翻身站了起来，急急忙忙地投入繁忙的准备工作。赛克斯和托比各自用黑色大披巾把脖子和下巴裹起来，穿上大衣。两个强盗一左一右把奥立弗夹在中间走出门去。空气还是那样潮湿，出门没多久，奥立弗的头发眉毛便让四下里飘浮着的半凝结状的水汽弄得紧绷绷的了。他们过了桥，朝着先前看见过的那一片灯火走去。路并不太远，他们走得又相当快，不多一会儿便来到了杰茨。

三个人在一座四周有围墙的孤零零的宅院前停住脚步。托比·格拉基特几乎没顾得上歇口气，蹭一下就爬上了围墙。

"先递那小子，"托比说道，"把他托上来，我抓住他。"

奥立弗还来不及看看四周，赛克斯已经抓住他的两条胳臂猛地一托，一转眼间，他就已经躺在围墙里边的草地上了，紧跟着赛克斯也跳了进来。三个人蹑手蹑脚地朝那所房子走去。

奥立弗这时才明白过来，这次远行的目的不是谋杀，就是入室抢劫，痛苦与恐惧交相袭来，使他几乎失去理智。他合起双手，情不自禁地发出一声压抑的惊叫，眼前一阵发黑，惨白的脸上直冒冷汗，两条腿一软，跪倒在地。

"起来。"赛克斯气得直咬牙，从衣袋里拔出手枪，低声喝道，"起来，不然我叫你脑浆溅到草地上。"

"啊。看在上帝的分上，放了我吧。"奥立弗哭叫着，"求你们可怜可怜我，别叫我去偷东西。看在天国所有光明天使的分上，饶了我吧。"

那家伙听到这一番胆大包天的恳求，不由得恶狠狠地骂了一句，扣上了扳机，托比一掌打掉他手中的枪，用一只手捂住奥立弗的嘴，拖着他往那所房子走去。

赛克斯一边把费金骂了个狗血喷头，居然派这小毛头来干这个差使，一边使足了劲，悄没声地用撬棍干了起来。托比忙上前帮忙，两人折腾了一阵，他选中的那块窗板便摇摇晃晃地打开了。

"给我听着，小兔崽子，"赛克斯从口袋里掏出一盏可以遮光的灯，将灯光对准奥立弗的脸，压低声音说道，“我把你从这儿送进去，你拿上这盏灯，悄悄地往面前的台阶走上去，穿过小门厅，到大门那儿，把门打开，我们好进来。”

奥立弗吓得魂飞魄散，赛克斯用枪口指了指奥立弗的脑门，简略地提醒奥立弗当心，他始终处于手枪射程之内，要是他畏缩不前，立刻就叫他送命。

“这事一分钟就办妥了，我一放手，你就去干。”赛克斯突然警觉地竖起耳朵，“听！”

“怎么啦？”另一家伙打着耳语说。

他们紧张地听了听。

“没事，”赛克斯说着，放开了奥立弗，“去吧。”

在这短短的时间里，奥立弗恢复了理智。他拿定主意，一定要奋力从门厅冲上楼去，向这家人报警，就算这样做自己会送命也不怕。主意已定，他立刻轻手轻脚地朝前走去。

“回来。”赛克斯猝然大叫起来，“回来，回来。”

四周死一般的寂静突然打破了，紧接着又是一声高喊，奥立弗手里的灯掉到地上，他不知道究竟应该上前，还是应该逃走。

喊声又响了起来——他的眼前浮动着一团幻影，那是楼梯上边两个惊慌失措、衣冠不整的男人——火光一闪——一声巨响，烟雾腾腾——“哗啦啦”，不知什么地方有东西被打碎了——他跌跌撞撞地退了回去。

赛克斯转瞬间又冒了出来，趁着烟雾还没消散，一把抓住奥立弗的衣领，一边用手枪对准追来的人开火。那两个人往后退去时，他赶紧把奥立弗拖上去。

“胳膊抱紧些，”赛克斯把他从窗口往外拽，朝托比叫道，“给我一块围脖，他中枪了，快。这小子淌了那么多血。”

一阵响亮的钟声混合着枪声、人的喊叫声传了过来，奥立弗感到有人扛着自己一阵风似的走在高低不平的地上。喧闹声渐渐模糊，一种冰冷的感觉偷偷地爬上孩子的心头，他什么也看不见听不清了。

第七章

奥立弗因祸得福，被遭打劫的这一家人收留了。在主人们的精心照料下，奥立弗的身体日趋康复。

白昼即将来临，四周更加寒气袭人。雾气像一团团浓浊的烟云，在地面滚来滚去。草湿漉漉的，小路和低洼的地方积满了泥水。腥臭腐败的风夹着潮气，"呜呜"地呻吟着，无精打采地一路刮过。奥立弗倒在赛克斯扔下他的那个地方，一动不动，昏迷不醒。

天将破晓，第一抹暗淡模糊的色彩，软弱无力地在地平线上升起。一阵急雨噼里啪啦地打在光秃秃的灌木丛中，打在奥立弗身上。然而奥立弗却没有一丝感觉，依然直挺挺地躺在冰冷的泥土地里，不省人事。

终于，孩子发出一声呻吟，醒过来了，痛苦而微弱的哭声打破了四周的沉寂。他的左臂沉甸甸地垂在身边，动弹不得，披巾上浸透了鲜血。奥立弗浑身瘫软，勉强撑着坐了起来，身上的每一处关节都在哆嗦。他试图挣扎着站起身来，然而，从头到脚不住的颤抖，又直挺挺地倒了下去。

也不知又昏迷了多久，当他苏醒过来时，心中突然生出一种有蠕虫爬过的恶心感，好像是在警告他，如果他一直躺在那儿，就必死无疑。他终于站了起来，试探着迈开脚步，像醉汉一样踉踉跄跄走了几步。尽管如此，他还是坚持住了，脑袋软软地耷拉在胸前，磕磕绊绊朝前走去。

这时，许许多多纷乱迷惘的印象涌上了心头。他仿佛依然走在赛克斯与托比之间，这两个恶棍还在气冲冲地斗嘴，他们讲的那些话又在他耳边响起。他狠命挣扎了一下，才没有倒在地上，这下好像醒悟过来了，发现他正在跟自己说话。接着就是单独和赛克斯在一块儿，深一脚浅一脚地赶路。幻影一般的人从他们身边走过，那强盗紧紧抓住他的手腕。突然，枪响了，可怕的喊叫声在空中回荡，四周闹闹嚷嚷，骚动不已。灯光在他的眼前闪动，一种说不清楚的、令人不安的疼痛感穿透所有这些浮光掠影，一刻不停地侵扰、折磨着他。

就这样，他跌跌撞撞地走着，几乎是无意识地从挡住去路的大门横木的空档或者篱笆缝隙之间爬过去。他向四周看了看，发现不远处有一幢房子，或许他还有力气走到那儿。他想，死的时候旁边有人总比死在寂寞的旷野里好一些。这是最后的考验，他拼出全身气力，颤颤悠悠地朝那所房子走去。

那一道花园围墙。昨天晚上他就是跪在墙内的草地上，恳求那两个家伙发发慈悲的。这就是他们试图抢劫的那户人家。

奥立弗认出了这个地方，一阵恐惧掠过心头，在那一瞬间，他甚至忘记了伤口的疼痛，只有逃走这个念头。逃走！然而，他却不由自主地推了推花园门，门没有上锁，一下打开了。他蹒跚着穿过草地，登上台阶，咬着牙敲了敲门。这时他已经浑身无力，靠在这个小门廊里的一根柱子上，昏倒在地上。

碰巧在这个时候，凯尔司先生、布里特尔斯还有一个补锅匠，因为辛劳一夜，又担惊受怕了一夜，正在厨房里享用茶点以及各种食物，以便提神补气，厨娘和一个女仆在一旁侍候着。

“大概是在两点半钟左右，”凯尔司先生说道，“或者是在将近三点的时候，我也不敢肯定，我当时醒了，好像听到了一点响动。开头我还想，这是幻觉，我正想安安心心再睡一觉，又听到了那个声音，这一回听得清清楚楚。”

“是一种什么响声？”厨子问。

“是一种什么东西碾破了的声音。”凯尔司先生说。

“更像是铁棍在肉豆蔻粉碎机上摩擦的声音。”布里特尔斯提出了自己的见解。

厨娘和女仆同时哎哟一声叫了起来，把椅子拉得更近了。

“这一下我可明白过来了，”凯尔司先生继续说，“一定有人，我说，在砸门，或者窗户，怎么办呢？”

这时，布里特尔斯目瞪口呆地望着那位说书人，满脸都是绝对纯正的恐怖神色。

“我把被子掀到一边，”凯尔司摔开桌布，神色严峻地说，“操起一把装足了火药的手枪，我每天都要把这家伙弄得停停当当。我踮起脚尖走进隔壁房间。‘布里特尔斯’，我把他叫醒过来，‘别怕’。”

“你是这么说的。”布里特尔斯低声说了一句。

就在这时，门外传来一阵敲门声，凯尔司先生和他的同伴一样吓了一大跳，厨娘和女仆尖叫起来。

“有人敲门，”凯尔司先生装出若无其事的样子说道，“哪位去把门打开？”

谁也不动弹。

“如果布里特尔斯非得当着证人的面去开门的话，”凯尔司先生沉默了一会说道，“我愿意作证。”

“我也算一个。”补锅匠突然醒了，他刚才也是这样突然睡着的。

凯尔司先生下达了开门的命令。布里特尔斯无奈，只好照办了。大家提心吊胆地往门外瞅，没有发现什么可怕的东西，只见一个浑身是血迹和泥浆的小孩子，吃力地抬起乞求的眼睛，看着他们。

“一个孩子！”凯尔司先生大叫一声，把补锅匠掀到身后，“怎么回事，呢？怪了，布里特尔斯，瞧这孩子，你还没明白过来？”

布里特尔斯猛然看见奥立弗，不禁发出一声惊叫，凯尔司先生勇敢地抓住这孩子的一只胳膊，把他拖进门厅，直挺挺地撂在地板上。

“就是他。”凯尔司先生神气活现地向楼上大声喊叫，“太太，逮住一个小偷，太太。这里有个贼，我打中他了，小姐！”

厨娘和女仆带着这个好消息向楼上奔去，补锅匠为抢救奥立弗忙得不亦乐乎，免得还没来得及把他送上绞刑架，倒先完事了。在这一片纷乱嘈杂之中，楼梯响起了一个女子甜美的嗓音，一时间，大家都安静下来。

“凯尔司！”那嗓音轻声叫道。

“在，小姐，”凯尔司先生回答，“别怕，小姐，我没怎么受伤。他也没有拼命挣扎，小姐。我已经把他制住了。”

“嘘！”少女回答，“那伙盗贼把姑妈吓坏了，现在你也要吓着她了。噢！这可怜的家伙伤得怎样？”

“伤得厉害，小姐。”凯尔司不无得意地答道。

“他看上去快不行了，小姐，”布里特尔斯高声喊道，“小姐，您不想来看他一眼？万一他果真不行了可就看不到了。”

“别嚷嚷，”少女回答，“安安静静地等一下，我跟姑妈说去。”

随着一阵轻柔的脚步声，少女走开了。她很快又回头，吩咐把那个受了伤的人抬到楼上凯尔司先生的房间去，要细心一点。布里特尔斯立即动身赶往杰茨，以最快速度从那儿请一位警察和一位大夫来。

“您要不要先看看他，小姐。”凯尔司先生自豪地问，仿佛奥立弗是某种珍稀的鸟儿，由身手不凡的他打下来，“要不要看一眼，小姐？”

“要看也不是现在，”少女答道，“可怜的家伙。噢。对他好一点，凯尔司，看在我的分上。”说完转身走了。

老管家抬眼注视着少女，那眼神既骄傲又赞赏，就好像她是自己的孩子一样。接着他朝奥立弗俯下身子，细致热心地帮着把他抬上楼去。

这是一个雅致的房间，桌上摆着丰盛的早餐，餐桌旁坐着两位女士。凯尔司先生一丝不苟，身着黑色礼服，侍候着她们，一看就知道这是一个对自己的价值与地位感觉极佳的人物。

两位女士当中有一位年事已高。她穿着极为考究严谨，神色庄重,一双丝毫也没有因为岁月流逝而变得暗淡的眼睛全神贯注地凝视着同桌的年轻小姐。

露丝小姐光彩照人,她不到十七岁,可说是天生丽质,模样文雅娴静,纯洁妩媚,就像天使一样,尘世似乎本不是她的栖身之地,凡间的俗物也不是她的同类。特别是她的微笑,那种令人陶醉的微笑,都像是专为了营造家庭、炉边的欢乐和幸福。

这时,一辆双轮马车驶抵花园外面,车上跳下来一位胖胖的绅士,径直朝门口奔来。“我从来没听说过这种事!”胖绅士大声呼叫,“我亲爱的梅莱太太,上帝保佑,又是在夜静更深的时候!”

这胖绅士叫罗斯伯力,是附近的一位外科医生,方圆十英里之内大名鼎鼎的“大夫”。

罗斯伯力先生看来感到痛心疾首:“哦,太出乎意料了,真的。”露丝小姐打断了他的话,“不过楼上有一个可怜的家伙,姑妈希望你去看看。”

大夫在楼上待了很长时间,人们从马车里取出一只大箱子送上楼去,卧室的铃声频频拉响,仆人们川流不息跑上跑下。根据这些迹象完全可以断定,楼上正在进行某种重要的事情。最后,他总算从楼上下来了。在答复有关病人的焦急不安地询问时,他样子十分神秘,还小心翼翼地关上了门。

“这事非常离奇,梅莱太太。”大夫说。

“他已经脱离危险了吧,我希望?”老太太问道。

“嗨,这算不得离奇的事儿,”大夫回答,“尽管我认为他尚未脱离危险。你们见过这个小偷吗?”

“露丝想看看那个人,”梅莱太太说,“我没答应。”

“嗯。”大夫说,“这个病人倒是没什么惊人之处。我陪你们去看看他,你们不反对吧?”

“如果必要的话,”老太太答道,“当然不反对。”

“我认为肯定有必要,”大夫说,“简单地说,我完全认为你们以后会因为迟迟没去看他而深感后悔。露丝小姐,一点儿也不必害怕,我用信誉担保。”

大夫端庄稳重地领着她们往楼上走去。

“现在,”大夫轻轻推开卧室门,小声说,“我们不妨听听你们对他印象如何吧。”

大夫等她们一进来,便关上门,轻轻撩开床帘。床上躺着的并不是她们所预想的那么一个凶神恶煞的歹徒,而是一个伤痛疲劳困扰下的孩子,受了伤的胳膊缠着绷带,用夹板固定起来搁在胸口上,头靠在另一条手臂上,正陷入沉睡之中。

年轻小姐缓缓走到近旁,在床边一张椅子上坐下来,拨开奥立弗脸上的头发。她朝奥立弗俯下身去,一颗泪珠滴落在他的额头上。

孩子动了一下,在睡梦中发出微笑,仿佛这滴怜悯的泪珠唤起了某种令人愉快的梦境,那里有他从未领略过的爱心与温情。

“这是怎么回事?”老太太大声说道,“这可怜的孩子绝不可能是一个强盗。”

“罪恶,”大夫长叹一声,放下帘子,“在许多神圣的场合都有可能藏身。谁能说一副漂亮的外表就不会包藏祸心?”

“可他还这么小呢。”露丝直抒己见。

“我亲爱的小姐,”大夫悲哀地摇了摇头,回答说,“犯罪,如同死亡一样,并不是单单照顾年老体弱的人。最年轻最漂亮的也经常成为它的牺牲品。”

“不过,噢!难道你真的相信,这个柔弱的孩子竟会自愿充当那些社会渣滓的帮凶?”露丝问。

大夫摇了摇头,意思是他担心事情完全可能就是这样。他指出他们可能会打扰病人,便领头走出房间。

“就算他干过坏事,”露丝不肯松口,“看看他是多么幼稚,想想他也许从来就没得到过母爱或家庭的温暖。虐待,毒打,或者是对面包的需求,都会驱使他跟那些逼着他干坏事的人混在一块儿。姑妈,亲爱的姑妈,在让他们把这个伤病的孩子投进监狱之前您可千万要想一想,不管怎么说,一进监狱就把他毁了,他也就没有改邪归正的机会了。哦! 您爱我,您也知道,由于您的仁慈与爱心,我从来没有感觉到自己失去了父母,可我也是有可能,跟这个苦命的小孩一样因为无依无靠,得不到呵护而干出同样的事。趁现在还来得及,您可怜可怜他吧,亲爱的姑妈。"

"我的小宝贝儿。"老太太把声泪俱下的姑娘搂在怀里,"你以为我会伤害他的一根头发吗?"

"哦,不!"露丝急切地回答道。

"不会的,肯定不会,"老太太说,"我已经来日无多,怜悯他人也就是宽恕自己。如果要救他,我能做些什么,先生?"

"好极了,"大夫道,"那你们有理由接受我的建议了。"

最后,条约商议停当了,几个人坐下来,焦躁不安地期待着可怜的小孩子苏醒过来。

时间一小时接一小时地过去了,奥立弗依然沉睡未醒。好心的大夫时不时上楼去看看,到了黄昏时分才带来消息,他总算醒过来了,可以和他谈话。大夫说,那孩子病得厉害,因为失血而非常虚弱,但他心里很烦躁,似乎急于吐露一件什么事。

谈话进行了很长时间。奥立弗一五一十地把自己的简短身世告诉了他们,由于疼痛和精力不足,他常常不得不停下来。在一间幽静的屋子里,听这个伤病缠身的孩子用微弱的声音倾诉他经历过的千灾百难,真是一件庄严神圣的事情!

那天夜里,这三双亲切的手抚慰着奥立弗的心,美与善守护着他。他的心又平静又快乐,徜徉在睡梦中。

大夫在隔壁房间里焦躁难耐地走来走去,梅莱太太和露丝望着他,神色都很焦急。

"真伤脑筋,"在快步兜了无数个圈子之后,他停了下来,说道,"我简直束手无策。"

“可不是，”露丝说，“要是把这苦孩子的事原原本本讲给警察听，总该使他免于获罪的。”

“我表示怀疑，亲爱的小姐，”大夫摇了摇头，“我并不认为他会获得赦免，不管是告诉警察还是告诉法官。一句话，他们会说，他是干什么的？一个离家出走的孩子，单单从世俗的理由和可能性来判断，他的故事就非常可疑。”

“你相信不相信，说真的？”露丝没让他再往下说。

“我相信，尽管这个故事很离奇，或许因为我是一个老傻瓜。”大夫回答，“不管怎么说，把这样一个故事讲给一个老练的警察听，恐怕不太合适。”

“我当然明白，”露丝看着大夫心急火燎的样子不禁微笑起来，“不过，我还是不认为这其中有什么可以给那可怜的孩子定罪。”

“是啊，”大夫答道，“当然没有。愿上帝保佑你们女人的善心。我觉得，假如我们把这孩子的真实经历向那些人和盘托出的话，必定后患无穷。我敢肯定谁也不会相信。你们想要拯救他脱离苦海的慈善计划将会遭遇极大的困难。”

“噢。那怎么办？”露丝大叫起来，“天啦！他们把警察请来做什么？”

“是啊，请来做什么！”梅莱太太高声说道，“说真的，我巴不得他们别上这儿来。”

“依我看来，”罗斯伯力先生平静地坐了下来，看样子打算豁出去了，“我们只能厚着脸皮试一下，坚持到底。”

这时，从伦敦来的警察布拉瑟斯走进房间，身后跟着他的同事达福，他们刚完成了对围墙、窗板的现场勘查。“这不是一起预谋性事件。先生。”

“什么鬼预谋性事件？”大夫很不耐烦。

“我们认为这是伦敦人干的，”布拉瑟斯继续说道，“因为手段是一流的。”

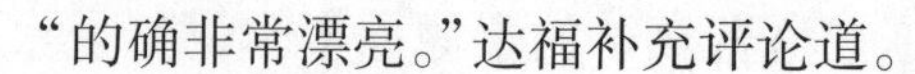

"的确非常漂亮。"达福补充评论道。

"这事有两个人参加,"布拉瑟斯接着说,"他们还带着一个小孩,看看窗户的尺寸就明白了。目前可以奉告的就是这些了。我们想去看看你们安顿在楼上的那个孩子,如果可以的话。"

"也许他们还是先喝点什么,梅莱太太?"大夫容光焕发,好像已经有了新的主意。

"噢!真是的!"露丝急切地叫了起来,"只要二位愿意,马上为你们备好。"

"呃,小姐,谢谢。"布拉瑟斯撩起衣袖抹了抹嘴,说道,"干这一行就是让人口干。随便来点什么,小姐。别让您太受累。"

"来点什么好呀?"大夫一边问,一边跟着年轻小姐向食橱走去。

"一点点酒,先生,如果终归要喝的话,"布拉瑟斯回答,"此次从伦敦来可真冷得够呛,夫人,我一直就觉得酒很能使人心情变得暖和起来。"

这一番饶有趣味的见解是说给梅莱太太听的,她非常谦和地听着。就在这当儿,大夫溜了出去。

两位警官先生品尝完那杯杜松子酒,大夫已经又回到房间。"现在,如果你们二位方便的话,可以上楼了。"大夫说。

"只要你方便,先生。"布拉瑟斯答道。两位警察寸步不离,跟着罗斯伯力先生上楼,朝奥立弗的卧室走去,凯尔司先生擎着一支蜡烛为大家带路。

奥立弗一直在迷糊着,看上去病情还在恶化,热度比刚开始的时候还要高。他注视着两个陌生人,一点也不明白又要发生什么事。说实在的,他似乎连自己是在什么地方、发生了什么事都想不起来了。

"这个孩子,"罗斯伯力先生温和而又饱含热情地说道,"这个孩子因为顽皮,闯进这后边的庭院,偶然之中被弹簧枪打伤的,今天早晨来到这户人家求助,反倒立刻被扣留下来,并遭到那位手举蜡烛的绅士的虐待,他还真会异想天开。身为医生,我可以证明,那位绅士已经将孩子的生命置于极度的危险之中。”

听了这一番介绍，布拉瑟斯先生和达福先生目不转睛地盯着凯尔司。莫名其妙的管家呆呆地望着两位警探，随后将目光转向奥立弗，又从奥立弗身上移向罗斯伯力先生，神情中透着惊慌与困惑，真是可笑极了。

“你恐怕并不打算否认这一点吧？”大夫说道，轻轻地把奥立弗重新安顿好。

“我全是出于，出于一片好心啊，先生，”凯尔司回答，“我真的以为就是这个孩子，否则我绝不会跟他过不去。我并不是生性不近人情，先生。”

“你以为是个什么孩子？”老资格的警探问。

“强盗带来的孩子，先生。”凯尔司答道，“他们肯定带着个孩子。”

“哦。你现在还这样认为吗？”布拉瑟斯问道。

“认为什么，现在？”凯尔司傻乎乎地望着审问者，回答说。

“认为是同一个孩子，你这个蠢货！”布拉瑟斯不耐烦了。

“我不知道，我真的不知道，”凯尔司哭丧着脸说，“我没法认定是他。”

“那你认为是怎样的呢？”布拉瑟斯问。

“我不知道该怎样认为，”可怜的凯尔司答道，“我认为这不是那个孩子，真的，我几乎可以断定根本就不是。您知道，这不可能。”

“这人是不是喝了酒啊，先生？”布拉瑟斯转向大夫，问道，“一个十足的糊涂虫，你呀。”达福轻蔑地冲着凯尔司先生说。

在这一番简短谈话过程中，罗斯伯力先生一直在替病人把脉，这时他站起身来，建议两位警官先生如果对这问题还有什么疑惑，不妨到隔壁房间去，把布里特尔斯叫来问一问。

他们采纳了大夫的提议，走进隔壁房间。布里特尔斯先生被叫了进来。他和凯尔司一样掉进了迷宫，不断生出种种矛盾的说法，除了证明自己的头脑懵懵懂懂之外，什么都无法证明。

简而言之,经过若干进一步的调查,费了许多口舌,治安推事才同意梅莱太太和罗斯伯力先生联名保释奥立弗,但必须随传随到。布拉瑟斯和达福拿到二十镑的酬金,回伦敦去了。

此后,在梅莱太太、露丝小姐和心地善良的罗斯伯力先生的齐心照料下,奥立弗的身体日趋康复。

第八章

奥立弗与这些好心人愉快地生活在一起，这期间，又有了一次奇怪的遭遇。

病情逐步好转，奥立弗是多么强烈地感受到了那两位可爱的女士的一片好心，多么热切地盼望自己重新长得既结实又健康，能够做一些事来表达他的感激之情。露丝说道："可怜的孩子！只要你愿意，会有许多机会替我们出力的。我们就要到乡下去了，姑妈的意思是你跟我们一块儿去。幽静的环境，清新的空气，加上春天的美丽，用不了多久，你就会恢复健康的。"

"小姐。"奥立弗兴奋地叫了起来，"你的心真好！"

"我不知该有多高兴呢，"少女答道，"一想到我亲爱的好姑妈尽心尽力，把一个人从你向我们描述的那种悲惨的境遇中解救出来，对于我这真是一种难以形容的欢乐。你懂我的意思吗？"她注视着奥立弗，问道。

"哦，是的，小姐，我懂。"奥立弗急切地回答。

奥立弗的身体不久就恢复得差不多了，能够经受一次远行的劳顿。一天清晨，他和罗斯伯力先生乘上梅莱太太的小马车出发了。

因为奥立弗知道布朗罗先生居住的街名，他们照直开到那里。马车折进了那条街，他的心剧烈地跳起来，几乎喘不过气。

"说吧，我的孩子，是哪一所房子？"罗斯伯力先生问道。

"那一所，那一所。"奥立弗一边回答，一边急切地从车窗里往外指

点着,“那所白房子。呃,快呀。开快一点。”

“到啦,到啦。”好心的大夫拍了拍他的肩膀,说道,“你马上就要看见他们了,他们见到你安然无事,肯定会喜出望外的。”

“呃!我就巴望那样!”奥立弗大声说道,“他们对我真好,非常非常好。”

马车朝前开去,停下了。奥立弗抬头望着那些窗户,几颗泪珠饱含着欢乐的期待滚下面颊。

天啦!白色的房子空空如也,窗扉上贴着一张启事——出租。

“问问邻居看看。”罗斯伯力先生说道,“您知道不知道,过去住在隔壁的布朗罗先生上哪儿去了?”

邻家的女仆不知道,但愿意回去问一问。她不一会就回来了,说六个星期之前,布朗罗先生已经变卖了物品,到西印度群岛去了。奥立弗身子往后一仰,瘫倒在地。

“他的管家也走了?”罗斯伯力先生犹豫了一下,问道。

“是的,先生,”女仆回答,“老先生,管家,还有一位绅士,是布朗罗先生的朋友,全都一块儿走了。”

“那就回家吧。”罗斯伯力先生无奈地对车夫说。

这一次满怀期望的寻访使奥立弗大失所望,弄得他伤心不已。又过了两个星期,温暖晴好的天气开始稳定,树木长出了嫩绿的叶片,草地上开满了鲜艳的花朵,两位女士带着奥立弗到远处一所乡村别墅去了。

这个羸弱的孩子来到一个内地的乡村,呼吸着芬芳的空气,置身于青山绿水之间。他感受到的快乐、喜悦、平和与宁静,谁能描述得完啊!

以往的日子都是耗费在龌龊的人群和喧嚣的纷争当中,而在这里,他似乎得到了新生。玫瑰和冬青环绕着别墅的墙垣,常春藤爬满树干,园中百花芬芳。

这是一段快活的时光。白天温和而又晴朗。夜晚回到屋里,可爱的露丝小姐在钢琴前边坐下，弹一支欢乐的曲子，或者用柔美的嗓音低声唱一首老太太喜爱的老歌。在这美妙的时刻，奥立弗坐在窗户旁边，出神地听着这有如天堂传来的声音。

在这一段最快乐的日子里，每一天都有着无尽的欢乐。清晨的小教堂，窗外的绿叶在微风中摇摆，小鸟在花丛里歌唱，馥郁的空气充盈宽敞的门廊，这座朴素的建筑充满芳香。

早晨六点钟，奥立弗就起床了，在田野里漫游，从远远近近的篱笆上采来一簇簇野花。他干得十分投入，露丝小姐时常微笑着看他满载而归，她对奥立弗所做的一切总是满心欢喜、赞不绝口。

三个月就这样不知不觉过去了。对于奥立弗来说真是一大幸事。一方是纯洁无瑕而又和蔼可亲的慷慨给予，另一方是发自肺腑的最最真挚热切的感激之情，难怪在这一段短暂的时光即将告终的时候，奥立弗·退斯特与那位老太太和她的侄女已经亲如一家，他那幼小而敏感的心灵产生了强烈的依恋，而她们也报以一片爱心，并为他感到骄傲。

春天飘然逝去，夏天来临了。

小别墅里的恬静生活依然如故，别墅里的人照常过得愉快而安宁。一个皎好的夜晚，露丝和往常一样，坐到钢琴前边。她茫然若失地弹了一会儿，手指急促地从琴键上滑过，那琴声好像在哭泣。

“露丝，我亲爱的。”老太太说道。

露丝没有回答，只是弹得略略快了一点，几滴眼泪滴落在琴键上。

“露丝，”梅莱太太慌乱地站起来，俯下身去，喊道，“怎么回事？哭啦。我亲爱的孩子，是什么事情让你伤心？”

“没什么，姑妈。没什么，”少女回答，“我不知道是怎么回事。我说不出来。可我觉得——”

“该不是病了，孩子？”梅莱太太插了一句。

“不，不。噢，我没病。”露丝打了个寒战，似乎有一股冷森森的寒意流遍全身。“我很快就会好起来的。把窗户关上吧。”

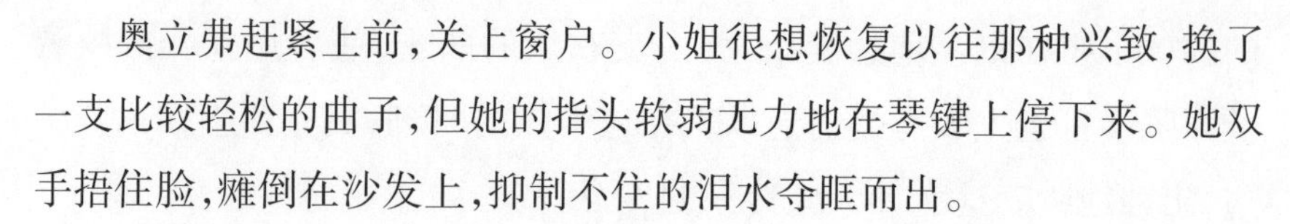

奥立弗赶紧上前,关上窗户。小姐很想恢复以往那种兴致,换了一支比较轻松的曲子,但她的指头软弱无力地在琴键上停下来。她双手捂住脸,瘫倒在沙发上,抑制不住的泪水夺眶而出。

“我的孩子,”老太太搂住她的肩膀,说道,“我以前从没见过你这样。”

“能不惊动您,我也不想惊动您,”露丝回答,“我拼命忍住,可实在忍不住了。我恐怕真的病了,姑妈。”

她确实病了,蜡烛拿过来以后,他们发现她的脸色变得像大理石一样苍白。美丽的容颜丝毫没有改变,但表情变了。文静的脸上带着一种前所未见的焦虑、疲惫的神色。

奥立弗眼巴巴看着老太太扶着小姐回房去。他觉察到老太太被露丝的这些症状吓坏了,他自己其实也一样。

“没事吧?”梅莱太太回来时,奥立弗问道,“今天晚上她脸色不好,是不是……”

老太太示意他别再说了,在一个昏暗的角落里坐下来,沉默了好一会儿。末了,她用颤抖的声音说道:“我相信不会,奥立弗。多少年来我跟她一块儿过得非常幸福。我担心我是遇上某种不幸的时候了。但我希望不是这样。”

巨大的悲痛压倒了她,奥立弗不得不克制住自己的感情,好言相劝,苦苦哀求,看在亲爱的小姐分上,她应该镇定一些。

“想一想吧,夫人,”奥立弗说话时,泪水径自涌出了他的眼眶,“噢!你想想,她那么年轻,心那么好,又给身边所有的人带来那么多的欢乐和安慰。上帝决不会让她那么年轻就死的。”

“小点声。”梅莱太太把一只手放在奥立弗头上,说道,“你想得太天真了,可怜的孩子。不管怎么说吧,你让我懂得了自己的职责。我爱她,反正上帝知道我爱她有多深。”

一个焦虑不安的夜晚过去了。清晨来临,梅莱太太的担心成了事实。露丝正处于一个非常危险的热症初期。

“我们一定得赶快行动，奥立弗，”梅莱太太眼睛直视着他的脸，说道，“这封信必须尽快交给罗斯伯力先生。你抄小路穿过田野，走不到四英里就到了集镇，到那儿再派专差骑马直接送到杰茨。那个客栈里的人会把这事办妥的。我要你去看着他们发出去，我信得过你。”

梅莱太太说罢，把钱包交给奥立弗，他不再耽搁，鼓起全身的劲头，以最快的速度出发了。

他飞快地穿过田野，顺着小路跑过去，一直跑到镇里的小集市，跑得满头大汗，一身尘土，赶到了客栈。

他对一个正在门廊下边打瞌睡的邮差说明了来意，那封信也递了过去，他对邮差叮咛了又叮咛，求他尽快送到。邮差策马启程了，穿过集市上坑坑洼洼的石子路，两分钟后已经在大道上飞驰。

看到告急信已经发出，没有白费功夫，奥立弗这才放下心来。他匆匆穿过客栈的院子，不想却跟一个披斗篷的大高个子撞个满怀。

“喂!”那人狠命地盯住奥立弗，喝道，“你算个什么东西!”

“对不起，先生。”奥立弗赶紧说。

“混账东西!”那人狂怒不已，咬牙切齿。奥立弗惊慌地跑回了家。

露丝·梅莱的病情急剧恶化，午夜前她开始说胡话。一个住在当地的医生时刻守候着她。医生初步做了检查，随后把梅莱太太引到一边，宣布小姐的病属于一种极其危险的类型。“说实在的，”他说道，“她要想痊愈，只有靠奇迹了。”

当天夜里，奥立弗有多少次从床上跳起来，蹑手蹑脚地溜到楼梯口，凝神谛听病房里发出的哪怕是最细微的声响。有多少次，每当杂乱的脚步声突然响起，他便吓得浑身发抖，额上直冒冷汗。他声泪俱下，为那位正在墓穴边缘挣扎的好姑娘苦苦祈祷，这是他一生中所有的最虔诚的祷告。

深夜，罗斯伯力先生到了。“难啊，”好心的大夫一边说，一边背过脸去，“那么年轻，又那么可爱。但希望很渺茫。”

清晨，奥立弗早早起床，他看到梅莱太太正坐在小客厅里。一看见她,奥立弗的心立刻沉了下去,他战战兢兢地了解到,小姐陷入了沉睡,她这次醒来,不是康复与再生,便是诀别与死亡。

他们坐下来凝神谛听,几个小时连话也不敢说。没有动过的饭菜撤了下去。他们心不在焉地望着逐渐下沉的太阳,又看着太阳将宣告离去的绚丽色彩撒满天空和大地。他们猛然听到一阵急促的脚步声。罗斯伯力先生刚一进屋,他俩便情不自禁地向门口冲去。

"露丝怎么样?"老太太嚷道,"快告诉我,我能经受得住,别再让我牵挂了!噢,快告诉我!看在老天爷的分上!"

"噢!"大夫感情冲动地嚷起来,"上帝是仁慈而宽大的,小姐她还会活好多年好多年,为我们大家造福。"

老太太跪下来,把双手合在一起,感恩的祈祷飞向天国。她倒在了伸开双臂接住她的朋友的怀抱里。

夜色迅速围拢过来,奥立弗捧着一大束鲜花往家里走去,这是他精心采来装饰病房的。他正沿着公路快步走着,忽然听到身后有马车疾驰的声音。他扭头一看,只见一辆驿车飞驶而来,车夫勒住马,车停住了。

"奥立弗,有什么消息?露丝小姐怎样了?奥立弗少爷!"原来是凯尔司。

坐在马车另一角的一位青年绅士急迫地探问消息。

"快告诉我!"那位绅士高声喊道,"是好些了还是更糟了?"

"好些了,好得多了!"奥立弗赶紧回答。

"感谢上帝!"青年绅士大叫一声,"你能肯定?"

"是的,先生,"奥立弗回答,"几个小时以前就不一样了,罗斯伯力先生说,危险期已经度过了。"

别墅到了,梅莱太太正焦急不安地等候着儿子。

"妈妈,"年轻绅士低声说道,"您怎么不写信告诉我?"

"我写了,"梅莱太太回答,"可经过反复考虑,我决定把信拿回来,听听罗斯伯力先生的看法再说。"

“您是不是要告诉她我在这儿?”哈利说道。

“那还用说。”梅莱太太回答。

“告诉她,我是多么着急,吃了多少苦头,又是多想见到她。您不会拒绝这么做吧,妈妈?”

“是的,”老太太说道,“我会把一切都告诉她。”她慈爱地吻了吻儿子,匆匆离开房间。

当晚的时光在欢声笑语中过去了。大夫兴致很高,哈利·梅莱一开始好像显得有些疲劳,或者是心事重重。夜深了,他们才怀着轻松而又感激的心情去休息,在刚刚经受了疑虑与悬念之后,他们确实需要休息休息了。

第二天早晨,奥立弗一醒来就感到心情好得多了,他竭尽全力,又一次采来最芬芳的野花,想用鲜花的艳丽换取露丝的欢喜。几天以来,哀愁已经占据了这个孩子忧郁的眼睛,不管看到什么美好的东西都笼罩着一层阴云。这些忧愁已经烟消云散,露丝的病情迅速好转。

尽管小姐还没有完全走出房间,晚上不再出去,只是偶尔和梅莱太太一块儿在附近散散步,奥立弗也并不感到日子难熬。他加倍努力,向那位白发老绅士请教,刻苦用功,进步之快连他自己也感到意外。就在他埋头用功的时候,发生了一件万万想不到的事情,使他产生了极大的恐慌和烦恼。

他平日读书是在别墅底楼背后的一个小房间里。

一个景色宜人的黄昏,薄暮刚开始投向大地,奥立弗坐在窗前,专心致志地读书。他已经看了好一会儿。天气异常闷热,他渐渐地睡着了。

突然,景色变了。他在想象中又一次惊恐万状地来到老费金的家里。可怕的老头依旧坐在他待惯了的那个角落,正朝着自己指指点点,一边和侧着脸坐在旁边的另一个人低声说话。

“嘘,我亲爱的。”他似乎听到老费金在说话,“就是他,错不了。走吧。”

“是他。”另外的那个人好像在回答，“你以为，我还会认错他？就算有一帮小鬼变得跟他一模一样，他站在中间，我也有办法认出他来。你就是挖地五十英尺，把他埋起来，只要你领着我从他坟头走过去，我肯定也猜得出来，他就埋在那儿，哪怕上边连个标记也没有。”

那人说这话时好像怀着深仇大恨，奥立弗惊醒了，猛然跳了起来。

天啦！是什么东西使血轰地一下涌入心田，使他目瞪口呆，动弹不得？那里，就在窗户那儿，老费金眼睛朝屋子里窥探着。在他旁边，有一张凶相毕露的面孔，正是前几天送信时在集镇客栈院子里跟奥立弗搭讪的那个人。

这副景象在他眼前不过是一晃而过，转瞬即逝，一闪就消失了。不过，他们已经认出奥立弗，奥立弗也认出了他们。有一刹那，他呆呆地站在那里，随后便高声呼救。

别墅里的人听到喊声，纷纷赶来，发现他脸色煞白，激动不已，手指着别墅背后那片草地的方向，连“老费金！老费金！”几个字都几乎说不清了。

凯尔司先生弄不清这喊叫的含意，还是哈利·梅莱脑子来得快。他已经听说了奥立弗的经历，一下子就明白过来了。

“他们走的是哪个方向？”他抓起一根沉甸甸的棒子，问道。

“那个方向，”奥立弗指着两个人逃走的方向，回答道，“一眨眼就不见了。”

“他们肯定躲在沟里。”哈利说道，“跟我来。尽量离我近一点。”说着，他跃过篱笆，箭一般冲了出去。

凯尔司使足了气力跟在后边，奥立弗也跟了上去，外出散步的罗斯伯力先生回来了，随着他们追上去。

他们一路飞奔，仔细搜索沟渠和附近的篱笆。奥立弗将这一场全力追击的原因告诉罗斯伯力先生。

搜索一无所获，就连脚印也没有发现。

“这肯定是个梦，奥立弗。”哈利·梅莱说道。

“噢,不,是真的,先生。”奥立弗回想起那个老家伙的面目,顿时不寒而栗。

“另一个是谁?”哈利与罗斯伯力先生异口同声。

“就是我跟您讲过的那个人,在客店里一下撞到我身上的那一个。”奥立弗说,“我可以发誓,肯定是他。”

“他们走的是这条路?”哈利追问道,“你没弄错吧?”

“错不了,那两个人就在窗子跟前,”奥立弗一边说,一边指了指把别墅花园和牧场隔开的那道篱笆,“高个子就从那儿跳过去。老费金是从那个缺口爬出去的。”

奥立弗说话的时候,两位绅士一直注视着他那诚恳的面孔,然后又相互看了一眼,似乎确信他说的是真话。可是,无论哪个方向都看不出一丝一毫有人仓皇逃走的痕迹。

第二天,进行了新的搜索,重又打听了一番,但照样得不到任何消息。第三天,奥立弗和罗斯伯力先生到镇子里去了,指望在那里看见或者听到那伙人的一点什么事情,可同样毫无结果。几天之后,这件事便渐渐被人遗忘了。

与此同时,露丝日渐好转,已经能够出外走走了,她又同家中的人待在一块儿,把欢乐带到每个人的心里。

然而,尽管这件可喜的事情给这个小天地带来了明显的变化,别墅里再度响起了欢声笑语,某些人,甚至包括露丝小姐,却时时表现出一种往常没有的拘谨。梅莱太太和儿子经常闭门长谈。露丝不止一次面带泪痕出现。在罗斯伯力先生确定了前去杰茨的日程以后,这些迹象有增无减。显然有件什么重要的事情,打破了少女以及另外几个人内心的平静。

这一天早餐时,房间里只有露丝一个人,哈利·梅莱走了进去。他带着几分犹豫,恳求允许自己和她交谈片刻。

“几分钟,只需要几分钟就够了,露丝,”年轻人把椅子拖到她的面前,“我不得不一吐为快,这些话你其实已经明白,它包含着我心中最

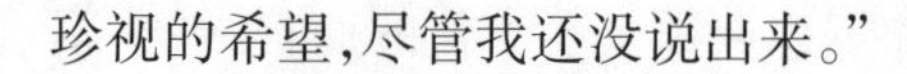

珍视的希望，尽管我还没说出来。”

露丝的脸色一片苍白，她只是点了点头，默默地等着他往下说。

“我，早就该离开这儿了。”哈利说道。

“你应该，真的，”露丝回答，“原谅我这么说，但我希望你离开。”

“我是带着可怕的忧虑到这儿来的，”年轻人说，“担心失去自己的心上人，我的每一个愿望、每一种期待都寄托在她身上。”

“一个天使一样美丽、天真无邪的姑娘，在尘世与天国之间摇摆。恐惧、忧虑和懊悔像奔腾的激流一样朝我涌来，生怕你一死去，就永远也不会知道我对你的爱是多么忠贞。我用渴望和深情而变得近乎盲目的眼睛，注视着你死里逃生。难道你会对我说，你希望我抛开这份深情？”

“我没有这个意思，”露丝流着泪水说，“我只是希望你离开这儿，你就可以重新转向崇高的事业，转向值得你追求的事业。”

“没有任何崇高的追求，能比得上赢得像你这样的一颗心，”年轻人握住她的手，说道，“露丝，我亲爱的露丝。多少年来，我一直爱着你，渴望功成名就后荣归故里，再告诉你，一切都仅仅是为了与你分享才去追求的，我要向你献上这一颗早就属于你的心。”

“你的品行一直很善良、高尚，”露丝竭力控制着激动不已的感情，说道，“既然你相信我并不是麻木不仁或者忘恩负义的人，那就请听我回答。”

“我可以努力争取配得上你，是吗，亲爱的露丝？”

“我的回答是，”露丝答道，“你必须尽力忘掉我，我不是要你忘掉你我曾是心心相印的同伴，那会深深地刺伤我的心，而是忘掉我是你爱上的人。”

露丝说到这里，用一只手捂住面孔，听任泪水夺眶而出，哈利依旧握着她的另一只手。

“你的理由呢，露丝，”他好容易才说出话来，“你做出这个决定的理由呢？”

“你有权知道理由,”露丝道,“你不管怎么说也改变不了我的决心。这是我必须履行的一种义务。为我自己,也为了别人,我必须这样做。”

“为你自己?”

“是的,哈利。我只能这样。”

“如果你的心意和你的责任感是一致的话——”哈利又开始了。

“并不一致。”露丝的脸涨得通红。

“那你也是爱我的?”哈利说,“我只要你说这句话,亲爱的露丝,只要你说这句话。”

露丝把那只手抽出来,“我们干吗要让这一次痛苦的谈话继续下去呢? 再见了,哈利。你只需知道,有一颗真挚热切的心在为你祈祷。现在我必须离开你了,真的。”

她再一次伸出手去,可小伙子却把她搂进怀里,在她那清秀的额头上吻了一下,匆匆走出了房间。

不一会儿,驿车驶到了门口,大夫要到杰茨去,哈利决定随着离开。

“奥立弗,”哈利把奥立弗叫到一旁,压低声音说道,“你现在学会写字了,是吗?”

“是这样,先生。”奥立弗回答。

“我又要出门了,也许要离开一段时间。我希望你给我写信,就算半个月一次。可以吗?”

“噢。那还用说,先生,我很高兴这样做。”奥立弗大声说道,对这项使命非常满意。

“我想要知道,我母亲和露丝小姐身体好不好,”青年绅士说,“她是不是——我说的是她们——看上去是不是非常快乐,非常健康。你懂我的意思?”

“懂,先生。完全懂。”奥立弗答道。

“你不要向她们提起这件事,”哈利紧接着说,“这就算是你我之间的一个秘密，别忘了把每一件事都告诉我。全靠你了。”

奥立弗意识到了自己的重要性，很有几分得意，他诚心诚意地保证守口如瓶，实话实说。

大夫上了马车。哈利朝那扇格子窗偷偷扫了一眼，跳上马车。

驿车顺着大路走远了，声音渐渐听不见了。露丝小姐坐在那扇格子窗后面，依然注视着驿车消失的方向。

第九章

邦布尔先生夫妇与一个神秘人物会晤,做成了一笔肮脏的买卖。

邦布尔先生坐在济贫院的一个房间里,闷闷不乐地盯着毫无生气的壁炉。威风凛凛的三角帽换成了一顶谦虚的圆顶帽。邦布尔先生不再是一位干事了。

邦布尔先生跟柯尼太太结了婚,当上了济贫院的院长。另外一个干事已经上任。三角帽、金边外套和手杖,三大件全都传给了后任。

“我把自己给卖了,”邦布尔先生追思着,“换了六把茶匙,一把糖夹子,一口奶锅,加上几样家具,以及二十镑现钱。我卖贱了。便宜了,也太便宜了点。”

“便宜!”一个尖厉的声音冲进邦布尔先生的耳朵,“无论出个什么价买你都算贵,我为你付出的代价够高的了,上帝心里有数。”

“邦布尔太太,夫人!”邦布尔先生严厉的语气中带着一点伤感。

“怎么啦?”女的嚷道。

女总管丝毫也没有被邦布尔先生的怒容压倒,恰恰相反,她报以极大的轻蔑,甚至还冲着他发出一阵狂笑。

“夫人,”邦布尔先生说道,“男人的特权就是发号施令。”

“那女人的特权又是什么,你倒是说说看?”

“服从,夫人,”邦布尔先生吼声如雷,“你那个倒霉的前夫怎么没把这个道理教给你,要不然,他没准还能活到今天。”

邦布尔太太知道,必须实施一次致命的打击。

精于此道的太太冲上前去，一只手紧紧掐住他的脖子，另一只手照着他脑袋雨点般地打下，又是抓他的脸，又是扯他的头发，最后将前教区干事狠命一推，推得他连人带椅子翻了一个跟斗，问他还敢不敢说什么特权。

邦布尔先生结结实实挨了一顿打，着实吃了一大惊。他从来都是从欺负弱小的嗜好中得到乐趣，这下呢，他成了一个胆小鬼。

真是太过分了，邦布尔先生愤愤不平，照着替他打开大门的那个小孩就是一记耳光，心烦意乱地走到街上。

他走进背街的一家酒店，叫了点喝的。里边坐着一个又高又黑的汉子，从他那副略显憔悴的脸色和浑身的尘土来看，好像是远道而来。邦布尔走进去的时候，跟那人打了个招呼，那人也斜着眼睛看了他一眼。

"我从前恐怕见过你。"陌生人说，"你当过本地的教区干事，对不对?"

"是的，"邦布尔先生多少有些吃惊，"教区干事。"

"就是嘛，"那一位点了点头，接过话题，"现在干什么?"

"济贫院院长，"邦布尔先生说得很慢，尽量给人留下深刻的印象。"济贫院院长，年轻人。"

"不知道你的眼光还是不是老样子，只盯着自己的利益?"陌生人接着说道，一边目光灼灼地逼视着邦布尔先生的眼睛，"你看得出来，我相当了解你。"

"我想，一个男人，"邦布尔先生一边回答，一边用手挡住亮光，将陌生人从头到脚打量了一番，"并不反对有机会的时候弄两个干净钱。教区职员薪水不高，不应该拒绝任何一笔小小的外快，只要来路正当就行。"

"现在你听我说，"陌生人关上门窗，说道，"我今天到这个地方来，正是为了找你。我想跟你打听点事，我不会让你白说的。这点小意思你先收起来。"

说着，他小心翼翼地把两个金镑从桌子对面朝同伴推过去，邦布尔先生翻来覆去查看了一番，见金币都是真的，才满意地放进背心口袋里。陌生人继续说道：

“把你的记忆带回到十二年前那个冬天。”

“时间不算短，”邦布尔先生说，“很好。我想起来了。”

“地点，济贫院。”陌生人说，“有个孩子在那儿出生。”

“哦，你指的是奥立弗，小退斯特。”邦布尔先生说道，“我当然记得他。没有一个小坏蛋像他那么顽固的。”

“我不想打听他的情况，他的事我听得多了，”邦布尔先生正准备一一历数奥立弗的罪过，陌生人没让他往下说，“我想打听的是一个女人，照看过他母亲的那个老太婆。现在她在哪儿？”

“她去年冬天就死了。”邦布尔先生回答。他立刻看出，机会就在眼前，他可以从他内当家掌握的某种秘密之中捞到好处。他便神秘兮兮地告诉陌生人，那个鬼老太婆临死之前曾经与一位女士关起门来谈过，他有理由相信，那位女士能够对他想要打听的事情提供一些线索。

“我怎么才能找到那位女士？”陌生人问。

“只有通过我。”邦布尔先生回答。

“什么时候？”陌生人急急忙忙地问道。

“明天。”邦布尔答道。

“好，明天晚上九点，”陌生人掏出一张纸片，在上边写了一个地址，地方很偏僻，“带她到我那儿去。这可是有你的好处。”

“那么，”邦布尔指着那张纸片说，“我该去找什么人？”

“孟可司。”那人答了一句，便急急忙忙大步离去了。

第二天晚上，这是一个阴云密布、空气沉闷的夏夜。邦布尔夫妇绕过大街，朝城外的一个小居民点出发了。那里稀稀落落有几所破房子，建在低洼污秽的沼地上，紧挨着河边。住在这里的全都是些下三烂的歹徒恶棍，这些家伙打着各式各样的幌子，主要靠偷盗和打劫为生。

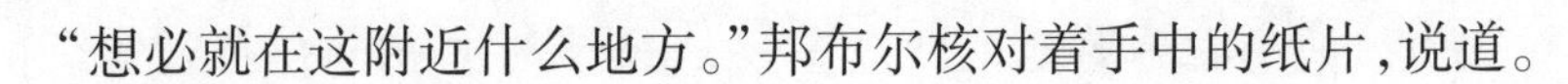

“想必就在这附近什么地方。”邦布尔核对着手中的纸片,说道。

“喂!”一个声音从头上传来。

孟可司露面了,他打开一道小门,示意他们上里边去。

“进来吧!”他很不耐烦地嚷着说,“就是这位女士了,对吗?”

“嗯嗯。是这位女士。”邦布尔回答说。

“眼下,”三个人全都坐下来,孟可司说话了,“我们还是谈正事吧,这对大家都有好处。这位女士是不是知道谈什么?”

“这事和你提到的那个孩子的母亲有关,”女总管答道,“是有这么回事。”

“头一个问题是,她谈的事属于什么性质?”孟可司说道。

“这是第二个问题,”女士郑重其事地说,“头一个问题是,这消息值多少钱?”

“哼。”孟可司带着一副急于问个究竟的神色,意味深长地说,“该不会很值钱吧,嗯?”

“你最好出个价,”邦布尔太太没让他说下去,“我相信你正是想要知道底细的人。”

“也许一个子不值,也许值二十镑,”孟可司回答,“说出来,让我心里有个数。”

“再加五镑,给我二十五个金镑,”那女的说道,“我把知道的事情都告诉你。”

“我要是付了钱,却什么也没得到呢?”孟可司犹豫起来,问道。

“你可以轻而易举重新拿回去,”女总管回答。孟可司点数出二十五个金镑,放在桌子上,推到那位女士面前。

“喏,”他说道,“我们就来听听你的故事。”

“那个女人,我们管她叫老沙丽,她死的时候,”女总管开始了,“在场的只有我跟她两个。”

孟可司专注地望着她,说道:“讲下去。”

“她谈到有个年轻的女人,”女总管接着说,“好些年以前生下一

个男孩，那孩子就是奥立弗。护士偷了他母亲的东西。”

“在生前？”孟可司问。

“死的时候，”邦布尔太太打了个寒战，“孩子的母亲只剩最后一口气了，求她替孤儿保存起来，可那个当妈妈的刚一断气，她就从尸体上把东西偷走了。”

“她把东西卖掉了？”孟可司急不可待地嚷了起来，“她是不是卖了？卖哪儿去了？什么时候？卖给谁了？多久以前的事？”

“老沙丽费了好大劲告诉我，她干了这件事，”女总管说，“倒下去就死了。”

她把一只小羊皮袋扔在桌上。孟可司猛扑上去，双手颤抖着把袋子撕开。袋子里装着一只小金盒，里边有两绺头发，一个纯金的结婚戒指。

“戒指上刻着‘艾格尼丝’几个字，”妇人说，“空白是留给姓氏的，接下来是日期。那个日子就在小孩生下来的前一年。”

“就这些？”孟可司说，他对小袋子里的东西都仔细地检查过了。

“这是不是你打算从我这儿得到的东西？”女总管问道。

“是。”孟可司回答。

“你打算用来干什么？会不会用来跟我过不去？”

“绝对不会，”孟可司回答，“不过，你来瞧这儿。一步也别往前挪，要不你的性命连一根莎草也不值了。”

说着，他猛地将桌子推到一边，抓住地板上的一只铁环，拉开一大块活板，从紧挨着邦布尔先生脚边的地方掀开一道暗门，吓得邦布尔连连后退。

“瞧下边，”孟可司一边说，一边把吊灯伸进洞里，“犯不着怕我。我要是有这个意思，完全可以不声不响地打发你们下去。”

大雨后暴涨的河水在底下奔泻而过，浊浪翻滚，扑打着那些黏糊糊的绿色木桩，所有的声音都消失在这一片喧腾声中。

孟可司将那个小羊皮袋掏出来，丢进了激流，小包噗的一声不见了。

三个人面面相觑，似乎松了一口气。

“喂，”孟可司关上暗门，活板又重重地落回到原来的位置上。“我们没什么可说的了，还是结束这一次愉快的聚会吧。尽快离开这儿。”

他们谨慎地穿过楼下的房间，孟可司卸下门闩，将他们进来的那道门轻轻打开。这两口子与神秘的新相识彼此点了一下头，向门外黑沉沉的雨夜中走去。

第十章

南希姑娘冒着生命危险，向露丝小姐透露了一个关于奥立弗的秘密。

“七点多了，”南希说道，“今天晚上你觉得怎么样，比尔？”

赛克斯这个专以打劫为生的家伙，并没有因为生病而脾气变得好一些。姑娘将他扶起坐在一把椅子上，他嘟嘟哝哝，不住口地骂她笨手笨脚，顺手打了她一巴掌。

“嗳，比尔，你今天晚上不是真的想对我这么凶，是吗？”姑娘说着，一只手无力地搭在他的肩膀上。

“不是？”赛克斯嚷道，“为什么不？干你的活去，别拿那些娘儿们的胡扯来烦我。”

换上任何一个时候，这种训斥，连同发出训斥的腔调，都会产生预期的效果。但那姑娘已经筋疲力尽，实在虚弱不堪，头耷拉在椅背上，晕了过去。赛克斯先生只得叫人帮忙。

“这儿怎么啦，我亲爱的？”费金正好来到门口，往屋里张望着，说道。

“快来帮一把，”赛克斯不耐烦地回答，“别站在那儿耍贫嘴，冲着我嬉皮笑脸。”

费金发出一声惊呼，奔上前来对姑娘施行救助。这功夫，机灵鬼也已经跟进来，他连忙把背在身上的一个包裹放在地板上，从脚跟脚走进来的查理·贝兹少爷手里夺过一只酒瓶，拔出瓶塞往病人嗓子眼里倒了一些。

南希姑娘逐渐恢复了知觉，晃晃悠悠地走到床边的一张椅子上坐下，把脸埋在臂弯里。

机灵鬼依照费金先生的吩咐，解开他带来的那个大包裹，把里边的物品一件一件地摆到桌上。

"东西倒是不错，"赛克斯先生往桌子上扫了一眼，火气略略消了一些，说道，"但你今天晚上非得给我弄几个现钱不可。"

"我身边一个子儿也没有。"费金回答。

"可你家里多的是钱。"赛克斯顶了一句。

经过多次讨价还价，费金将对方要求的贷款数目从五镑压低到了三镑四先令又九便士。赛克斯叫南希陪费金到家里去取钱，老头儿向自己的贴心伙伴告别，由南希和那两个少年陪着回去了。

"听着，"等两个徒弟离开房间，老费金说道，"我去给你拿那些钱，南希。我的钱从来不上锁，我没有非得锁上不行的东西，亲爱的。哈哈哈！没什么需要上锁的。这是一份苦差使，南希，而且不讨好，我不过是喜欢看见年轻人围在我身边而已。什么我都得忍着，什么都得忍。嘘！"他慌里慌张地说，一边把钥匙塞进怀里，"那是谁？听！"

这时候，一个男子的低语声传到了她的耳朵里。

"呸。"老费金低声说道，像是感到很不凑巧，"我先前约了一个人，他到这儿来了。他来的时候，钱的事一个字也别提。"

来客是孟可司。

姑娘漫不经心地看了孟可司一眼，然而，目光是那样敏捷锐利，意味深长。

"有什么消息吗？"费金问。

"重大消息。"来客说。

"是……是不是好消息？"费金吞吞吐吐地问。

"还算不坏，"孟可司微微一笑，答道，"我这一趟真够麻利的。我跟你说句话。"

老费金有些顾虑,就朝楼上指了指,领着孟可司走出房间。

南希脱掉鞋子,撩起衣裾迈开轻柔得令人难以置信的脚步,溜出房间,无声无息地登上楼梯,消失在幽暗的楼上。

一刻钟后,姑娘依旧像游魂似的飘然而归,紧接着便听见那两个人下来了。孟可司直接出门往街上去了,老费金为了钱的事又慢吞吞地走上楼去。他回来时,姑娘正在整理她的披巾和软帽,像是准备离去。

“嗨,南希,”老犹太嚷嚷着往后退去,“你脸色这么苍白。”

“苍白?”姑娘应声说道,用双手摸了摸自己的脸。

“太可怕了,你一个人在干什么呢?”

“不就是坐在这儿吗,这地方太闷热了,”姑娘轻描淡写地回答,“好了。放我回去吧。”

费金把钱递到她手里,每点一张钞票都要叹一口气。他们没再多谈,相互道了一声“晚安”就分手了。

南希来到空旷的街上,在一个台阶上坐下来,有好一阵子,她仿佛全然处在困惑之中,不知道该往哪儿走。忽然,她站起身来,朝着与赛克斯正在等候她返回的那个地方完全相反的方向匆匆而去,她不断加快步伐,最后变成了拼命奔跑。这时她好像突然醒悟过来,意识到自己是在做一件想做而又做不到的事情,她深感痛惜,绞扭着双手,泪如泉涌。

也许是意识到自己完全无能为力,她掉过头,用同样快的速度回到了那个强盗待着的住所。

她出现的时候显得有些不安,赛克斯先生也没有看出来。他得知钱拿到了之后发出一声满意的怪叫,就又继续做被打断了的美梦。

算她运气好,钞票到手的第二天,赛克斯先生尽顾了吃吃喝喝,他既没有时间也没有心思对她的行为举止横挑鼻子竖挑眼了。她显得心不在焉,神经紧张,似乎即将迈出大胆而又危险的一步,而这一步是经过了激烈的思想斗争才下定决心的。

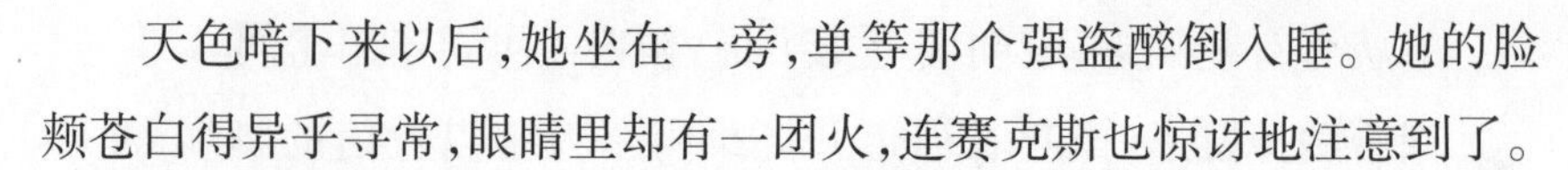

天色暗下来以后,她坐在一旁,单等那个强盗醉倒入睡。她的脸颊苍白得异乎寻常,眼睛里却有一团火,连赛克斯也惊讶地注意到了。

“唔,该死的,”他用手支起身子,打量着姑娘的脸色,说道,“你看上去就跟死人一样。出什么事儿了?”

“出什么事了?”姑娘回答,“没出什么事。”

“不,”赛克斯直瞪瞪地望着她,一边喃喃自语,“没有比这小娘儿们更死心塌地的了,要不我三个月以前就已经割断她的喉咙。”

赛克斯凭着这份信心打起精神,骂骂咧咧地叫着给他酒。姑娘敏捷地跳起来,背朝着他迅速把一包药倒进酒杯里,端到他的嘴边,看着他一口喝了个干。

“好了,”那强盗说道,“过来坐在我旁边,拿出你平常的模样来,不然,我可要叫你变个样子。”

姑娘顺从了。赛克斯紧紧握住她的手,倒在枕头上,眼睛盯着她的脸。慢慢地,他陷入了沉睡,紧抓着的手松开了,胳膊无力地垂在身旁。

“鸦片酊终于起作用了。”姑娘从床边站起来,她急急忙忙戴上软帽,系好披巾,战战兢兢地离开了这所房子。

她直奔伦敦西区,沿着狭窄的便道飞奔。当她接近目的地的时候,钟敲了十一点。钟声使她下定了决心,她走进一家旅馆的门厅,朝楼梯走去。

“喂,小姐!”一个衣着华丽的女人从她身后一道门里往外张望着,问道,“你上这儿找谁呀?”

“找一位住在这里的小姐。”姑娘回答,“梅莱小姐。”

少妇这个时候才注意到南希的模样,不由鄙弃地瞥了她一眼,叫了一个男侍者来招呼她。

“就说,有个年轻女人真心实意地请求跟梅莱小姐单独谈谈,”南希道,“你就说,小姐只要听听她头一句话,就会明白是听她往下说,还是把她当成骗子赶出门去。”

侍者将她领进一间小会客室，就退了出去。

她抬起眼睛，看到一个苗条、漂亮的姑娘出现在面前。

“请坐，”露丝·梅莱小姐恳切地说，“如果你缺少什么，或者有什么不幸，我一定真心诚意帮助你。我就是你要找的人。请坐。”

“让我站着，小姐，”南希说，“你跟我说话别那样客气，你还不怎么了解我呢，那扇门关了没有？”

“已经关上了，”露丝说，“怎么回事？”

“因为，”南希姑娘说道，“我就要把我的命，还有别人的命交到你手里。我就是把小奥立弗骗回老费金家里去的那个姑娘，就是他从本顿维尔那所房子里出来的那个晚上。”

“你？”露丝颇感诧异。

“是我，小姐。”姑娘回答，“我就是你已经听说的那个不要脸的女人，跟盗贼一块鬼混，他们让我怎么活我就怎么活，他们说什么就是什么，上帝啊，求求你保佑我。”

“真可怕。”露丝说着，不由自主地后退了几步。

“感谢上帝吧，亲爱的小姐，”姑娘哭喊着，“你从小就有亲人关心你照看你，从来没有受冻挨饿。而我，没过过一天好日子，没听到过一句好话，我在摇篮里就这样了。那肮脏的小胡同和臭水沟既然是我的摇篮，将来还会作我的灵床。”

“有我同情你。”露丝颤抖着说道，“你的话把我的心都绞碎了。”

“愿上帝保佑你的好心。”姑娘回答，“你要是知道我有时候干的事情，你会同情我的，真的。我好歹溜出来了，那些人如果知道我在这儿，把偷听来的话告诉你，准会杀了我。你认不认识一个叫孟可司的男人？”

“不认识。”露丝说。

“他认识你，”姑娘答道，“还知道你住在这儿，我就是听他提起这地方才找到你的。”

“我从来没听说过这个名字。”露丝说道。

“那一定是我们那伙人告诉他的，”姑娘继续说道，“他和费金谈成了一笔买卖，一旦把奥立弗给弄回来了，费金就可以拿到一笔钱，要是把他培养成了一个贼，往后还可以拿到更多的钱。”

“那个孟可司有什么目的？”露丝问。

“我这就告诉你，小姐。他昨天晚上又来了。我又到门口去偷听。我听到孟可司一开头就说：‘就这样，仅有的几样能够确定那孩子身份的证据扔到河底去了，从他母亲那儿把东西弄到手的老妖婆正在棺材里腐烂哩。’他们笑起来了，说他这一手干得漂亮。孟可司一提起奥立弗就咬牙切齿，说他算是把那个小鬼的钱弄到手了。但如果等费金在小家伙身上结结实实发一笔财，之后再轻而易举让他犯下某一种死罪，弄到绞刑架上挂起来，那才带劲呢。”

“这究竟是怎么回事？”露丝越听越糊涂。

“小姐，”姑娘回答，“孟可司说，一定要取那孩子的命，又不必冒上绞刑架的危险，他才能消心头之恨。他说，‘费金，你可还从来没有布置过像我替我的小兄弟奥立弗设下的这种圈套呢。’”

“他的兄弟！”霹丝叫了起来。

“那是他说的，”南希说着，提心吊胆地看了看四周，“还有呢。他提到你和另外一位女士的时候说，简直就是上帝或者魔鬼跟他过不去，奥立弗才落到你们手中。”

“这话当真？”露丝的脸色变得一片煞白。

“他说得咬牙切齿，怒气冲天，再认真不过了，”姑娘回答道，“他仇恨心一上来，从不开玩笑。天晚了，我得赶回家去，别让人家疑心我为这事出来过。我得马上回去。”

“可我能做些什么呢？”露丝说，“你走了，我怎么根据这个消息采取措施呢？既然你把同伴描绘得那样可怕，那你干吗还要回去？我可以马上叫人来，要不了半个小时你就能够转到某一个安全的地方去了。”

“不，”姑娘说，“我必须回去，因为……这种事我怎么对你这样纯洁的小姐说呢?”

“你冒着这么大的危险来到这里,”露丝说道,“我相信你说的都是事实。”善良的露丝姑娘双手合在一起,泪水不住地往下淌,“我敢肯定,我是第一个向你表示同情的人。听听我的话,让我来挽救你。你完全可以重新做人。”

“小姐,”姑娘双膝跪下,哭喊着,“可亲可爱的天使小姐,你是头一个用这样的话为我祝福的人,我要是几年以前听到这些话,或许还可以摆脱罪孽而又不幸的生活。可现在太晚了,太晚了。”

“忏悔和赎罪永远也不会晚。”露丝说道。

“太晚了,”姑娘痛苦不堪,哭着说,“我现在不能丢下他。哪怕自己最终会死在他手里,我也要回去。”

“可到了必要的时候我上哪儿找你呢?”露丝问道。

“你能不能答应我,你一定严守秘密,你一个人,或者是跟唯一知道这事的人一块儿来,并且我不会受到监视、盯梢什么的?”

“我向你郑重保证。”

“每个礼拜天的晚上,从十一点到敲十二点之间,”姑娘毫不迟疑地说,“只要我还活着,准在伦敦桥上散步。”

“等一下,”露丝见姑娘急步朝房门走去,赶紧说道,“再考虑考虑,这是你摆脱这种处境的机会。噢!难道你心里就没有一根弦是我能够触动的吗?”

“小姐,”姑娘绞扭着双手,回答,“今天晚上,想起我干的那些事,我比以往任何时候都要伤心,我一直生活在地狱里,死后能够不进地狱已经不错了。上帝保佑你,可爱的小姐,愿你得到的幸福和我蒙受的耻辱一样多。”

这个不幸的姑娘就这样一边说,一边抽泣着离去了。这一次非同寻常的会见像一场噩梦,不堪重负的霹丝·梅莱精疲力竭地倒在椅子上。

露丝度过了一个思虑重重的不眠之夜。第二天,在凯尔司先生护卫下,上街散步的奥立弗上气不接下气地走进了房间。

“我看见那位先生了,”奥立弗兴奋得几乎连话也说不清了,“就是对我非常好的那位先生,布朗罗先生,我跟你谈到的。”

“在什么地方?”露丝问。

“从马车上下来,走进一所房子里去了。你瞧,”奥立弗说着,展开一张纸片,“就在这上边,他就住在这个地方,我马上就到那儿去。”她看了看地址,当即决定抓住这个意外的机会。

不出五分钟,他们已经坐上马车直奔格雷文街。露丝要奥立弗暂时留在马车里,她让仆人送上自己的名片,说有非常要紧的事求见布朗罗先生。仆人不多一会就回来了,请她立即上楼。

“哎呀呀,”老绅士礼貌周全,连忙站起来,说道,“小姐,请您原谅,我还以为是哪个讨厌的家伙。您多担待。请坐。”

“您是布朗罗先生吧?”露丝说着,看了一眼另一位绅士,又把目光移向说话的这一位。

“正是在下,”布朗罗先生说道,“这是我的朋友格林维格先生。”

“我肯定会让您大吃一惊,”露丝说,“您毕竟曾经对我的一个非常可爱的小朋友表示出博大的仁慈与善心,我相信您有兴趣再一次听到他的故事。”

“不错。”布朗罗先生说。

“您知道他的名字叫奥立弗·退斯特。”

布朗罗先生觉得诧异,他把椅子往梅莱小姐身边挪了挪,说道:“答应我,亲爱的小姐,如果你拿得出任何证据,能够改变我一度对那个苦孩子得出的不良印象,看在上帝的分上,让我也看看这些证据。”

“一个坏东西。如果他不是个坏东西的话,我就把我的脑袋吃下去。”格林维格先生愤愤不平地说。

“那个孩子天性高尚,又有一副热心肠,”露丝红着脸说,“神有意要让他受到的磨难超过他的年龄,在他心中种下爱心与情感,即使是许许多多年长的人也应该感到骄傲。”

露丝把思绪整理了一番，她直截了当，将奥立弗离开布朗罗先生的住宅之后发生的事情讲了一遍，只保留了南希报告的消息，准备私下告诉这位先生。她保证说，那孩子过去几个月里唯一感到遗憾的就是不能与从前的恩人相见。

“谢天谢地。”老绅士说道，“这对我真是莫大的幸福，梅莱小姐，眼下他在什么地方。为什么不带他一起来呢?”

“他正在大门外边一辆马车里等着呢。”露丝回答。

“在大门外边!”老绅士大叫一声，匆匆离开房间，走下楼，二话没说便跳上了马车。

布朗罗先生带着奥立弗回来了，格林维格先生非常谦和地向他表示欢迎。

“慢着慢着，还有一个不应该忘掉的人，”布朗罗先生一边说，一边摇铃，“请把贝德温太太叫到这儿来。”

老管家风风火火地应召而来。奥立弗纵身扑进老太太怀里。

“我的老天爷!”老太太一把抱住他，惊呼着，“这不是我那个受冤枉的孩子吗?”

“我亲爱的老阿妈!”奥立弗哭喊着。

“他会回来的，我知道他会回来，”老太太将奥立弗搂在怀里，慈爱地抚摸着他的头发，一会儿笑，一会儿哭。

布朗罗先生丢下她和奥立弗去畅叙离别之情，领着露丝走进另一个房间。在那里，他听露丝讲了她与南希见面的全部经过，不禁感到大为震惊。老先生认为她做得相当谨慎，并且欣然答应亲自与那位可敬的大夫进行一次严肃的会谈，随即商定当天晚上八点钟由他到旅馆作一次拜访，与此同时，发生的所有事情都应该谨慎小心地通知梅莱大人。安排停当，露丝便领着奥立弗回去了。

当天晚上，布朗罗先生与罗斯伯力先生及两位女士聚到一起。

“我要把他们一个个全都送到——”心急莽撞的大夫嚷了起来。

“送到哪儿都可以，”布朗罗先生打断了他的话，“但我们必须谨

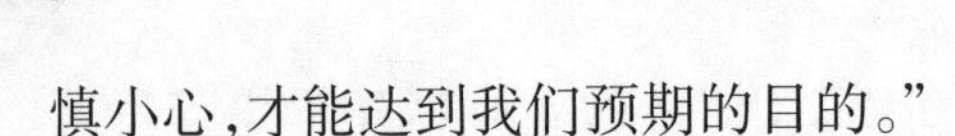

慎小心，才能达到我们预期的目的。”

“什么目的？”大夫问道。

“查清奥立弗的身世，替他把应得的遗产夺回来，假如这个故事并非虚构，那么这笔遗产已经被人用欺诈手段剥夺了。”

“啊！”大夫一边说，一边擦着汗水，“我差一点把这个给忘了。”

“很清楚，要探明这个秘密，我们将会遇到异乎寻常的困难，除非能够让孟可司这个人就范，要趁他不在那些人中间的时候逮住他。我们有必要见见那姑娘。我建议，大家在星期天晚上之前要绝对保持冷静，就是对奥立弗本人也要保密。”

布朗罗先生的提议获得一致通过，并将哈利·梅莱与格林维格先生增补进了这个委员会。

第十一章

奥立弗的老相识、棺材铺的大伙计，诺亚先生也来到了伦敦，在一家小旅店里，他巧遇了老恶魔费金。

也就是在这天夜里，有一男一女顺着北方大道朝着伦敦方向走来，他们沿着尘土飞扬的大路奋勇前进，直到走进高门拱道，那男人才停下来，心烦意乱地向同伴喊道："走啊，你走不动了？夏洛蒂，你这懒骨头。"

"还很远吗?"女的靠着护壁坐下来，抬眼问道，汗水从她脸上不住地往下淌。

"很远？很快就到了，"两腿细长的流浪汉指了指前方，说道，"瞧那边。那就是伦敦的灯火。"

"起码也有两英里。"女的感到泄气。

"管它是两英里还是二十英里，"诺亚·克雷波尔说道。原来是他，棺材铺的大伙计，慈善学校的学生。"你给我起来，往前走，不然我可要踢你几脚了，我有言在先。"

女的只好站起身来，吃力地向前走去。

"你打算在哪儿过夜，诺亚?"走出几百码之后，她问道。

"走到城外碰到的第一家旅店就住下，苏尔伯雷兴许就会找到我们，用手铐铐上，扔到大车里押回去，那可热闹了，不是吗?"克雷波尔先生以嘲弄的口吻说道，"不。我要走，我要挑最狭窄的偏街小巷，钻进去就不见了，要不是我长了个好脑袋，你一个礼拜以前就已经给严严实实关起来了。”

“我知道我没有你那样机灵,”夏洛蒂回答,“我要是给关起来了,你也跑不了。”

按照周密的计划,克雷波尔先生不停地往前走。到了圣约翰路,两人一拐,不一会就隐没在一片昏暗之中,在一家看上去比先前见到的任何一处都要更寒伧、肮脏的旅店前边停下来。

柜台里只有一个年轻的犹太人,胳膊肘支在柜台上,正在看一张污秽的报纸。他阴沉地看着诺亚,诺亚也狠狠地盯着他。

“我们从乡下来,”诺亚说,“我们想在这儿住一宿。”

巴尼把他俩领到一个不大的里间,送上客人要的酒菜之后,便退了下去,听任这可爱的一对去充饥歇息。

这个房间与柜台只隔一道墙。这时,晚上出来活动的费金刚好走进柜台,想打听自己的某个徒弟的情况。

“嘘!”巴尼说道,“隔壁屋里有陌生人。”

“陌生人。”老头儿打着耳语重复了一遍。

“啊。也是个古怪的家伙,”巴尼补充道,“打乡下来,不过跑不出你的手,要不就是我看错了。”

费金对这个消息很感兴趣,他登上一条脚凳,小心翼翼地将眼睛凑到墙上方的玻璃上,从这个秘密哨位可以看到里屋的一举一动。他全神贯注地听着,一脸狡猾而又急切的神情,活像一个老恶魔。

“所以我打算做一位绅士,”克雷波尔先生蹬了蹬腿,说道,“再也不去侍候那些宝贝棺材了,夏洛蒂,过一种上等人的生活,而且,只要你高兴,尽可以做一位太太。”

“我自然再高兴不过了,亲爱的,”夏洛蒂回答,“可钱柜不是天天都有得腾,别人往后会查出来的。”

“去你的钱柜。”克雷波尔先生说,“除了腾空钱柜以外,有的是事情。”

“你指的是什么?”同伴问。

“钱包啦，女人家的提袋啦，住宅啦，邮车啦，银行啦。”克雷波尔先生喝啤酒喝得性起，说道。

“可这么些事，你也办不了呀，亲爱的。”夏洛蒂说道。

“我要找能办事的人合伙干，”诺亚回答，“我想当某一伙人的首领，让他们都乖乖听我的，还要到处跟着他们，连他们自个都不知道。咱们只要结交几位这类的绅士，我说，就是花掉你弄到的那张二十英镑的票据也划得来。”

这时，房门突然打开，一个陌生人走了进来。

陌生人就是费金先生。他走上前来，样子非常和气，深深地鞠了一躬。

“先生，好一个可爱的夜晚，”费金搓着双手，说道，“我看得出，是从乡下来的吧，先生？”

“你这人真有眼力，”诺亚说道，“哈哈！你听听，夏洛蒂。”

“是啊，一个人待在伦敦城还真得有点眼力才行，亲爱的，”费金压低声音，推心置腹地说。又叫巴尼送来一瓶好酒，给诺亚倒了满满一杯。

“真是好酒。”克雷波尔先生咂了咂嘴，说道。

“嗳呀呀。”费金说道，“一个男子汉要想天天有这个酒喝，就得不断把钱柜里的钱，或者钱包，或者女人的提袋，或者住宅、邮车、银行倒腾个精光。”

克雷波尔先生一听自己的高论被人偷听了去，顿时瘫倒在椅子上，面如死灰，极度恐惧地看着老费金。

“用不着担心，亲爱的，”费金说道，把椅子挪近了一些，“哈哈。真运气。我本人就是干这行的，就为这个我喜欢你们。”

“哪一行？”克雷波尔先生略微回过神来，问道。

“正经买卖，”费金回答，“店里这几个人也一样。你们算是找了个正着，你要是喜欢我朋友，跟他合伙岂不更好？”

“他买卖到底好不好？”诺亚眨巴着两只小眼睛，说道。

“顶了尖了，雇了好多的帮手，全是这一行里最出色的高手。”

“我什么时候可以见到他？”诺亚满腹狐疑，问道。

“明天早晨。”老费金先生答道。

“在什么地方？”

“就在这儿。”

“嗯。”诺亚说道，“工钱怎么算啊？”

“日子过得像一位绅士，食宿烟酒全部免费，再加上你全部所得的一半，还有那位小娘子挣到的一半。”

“你认为眼下什么对我合适呢？不用花多大力气，又不太危险，你知道，这很重要。”诺亚说。

“我听你说起过对其他人盯梢的事，亲爱的，”费金说道，“我朋友正需要这方面的能人，非常需要。”

“呵，很好。”诺亚说道，“我们说定，明天什么时间？”

“十点钟行不行？”费金问。

在许多再会与祝愿之后，费金先生便离去了。

克雷波尔先生和他的小娘子第二天便搬进了费金先生的住所。“天啦，我昨晚上也想到过，你说的朋友就是你自己。”

“是的，你很聪明，我亲爱的，”费金感到有必要做一个说明，“我们现在难分彼此，有共同的利益，我对于你是同等重要的，就像你对你自己一样。”

“我说，”克雷波尔先生插嘴说，“你可真逗，我非常欣赏你，不过，我们的交情还没那么深。”

“只是琢磨琢磨，考虑一下而已，”费金说着耸了耸肩，摊开双手，“这事儿也在你脖子上系了一条领圈，拴上去轻而易举，解下来可就难了。说得明白点，就是绞索。”

克雷波尔先生用手摸了摸围巾，像是感到围得太紧，不怎么舒服似的，他嘟嘟哝哝。

“什么是绞架？”费金继续说道，“绞架，我亲爱的，它断送了多少好汉的远大前程。远远地避开绞架，这就是你的头号目的。"

"这还用说，"诺亚回答，"你干吗说这些？"

"无非是让你明白我的意思，"老犹太扬起眉梢，说道，"要做到这一点，你必须依靠我。要把这份小买卖做得顺顺当当，就要靠你了。我们必须这样做，否则只能各奔西东。"

"这倒是真的，"诺亚若有所思地答道，"噢！你这个老滑头。"

"你我之间必须相互信赖，我才能在蒙受重大损失的时候得到安慰，"费金说道，"昨天上午我失去了一个最好的帮手。"

"你该不是说他死啦？"诺亚叫了起来。

"不，不，"费金回答，"还没有这么糟糕。绝对没有。"

"哦，我想他是——"

"嫌疑，"费金说，"没错，他成了嫌疑犯。"

"特别严重？"克雷波尔先生问。

"不，"费金答道，"不太严重，控告他企图扒窃钱包。"

就在这时，贝兹少爷突然走了进来，一副愁眉苦脸的样子。

"全完了，费金。"查理和新伙伴相互认识之后，说道。

"别发愁，查理，"费金哄着他说，"我们必须了解一下他的情况，找个什么方便的方法。"

"那你干吗不派这位新来的伙计去呢？"贝兹少爷伸出一只手搭在诺亚肩上，问道。

"噢，你知道，"诺亚说着，连连摇头，露出一种神志清醒的恐慌，"不，我不干，这种事不属于我，这不行。"

费金向克雷波尔先生说明，他到轻罪法庭走一趟不可能招来危险。他扮演这个角色真是再恰当不过了，完全没有什么可担心的。

于是，克雷波尔先生便由贝兹少爷陪着，穿过昏暗曲折的小路，来到离波雾街不远的轻罪法庭。

诺亚急切地用眼睛搜寻机灵鬼，直等到一名囚犯出来。他立刻意识到那正是自己要打听的对象。

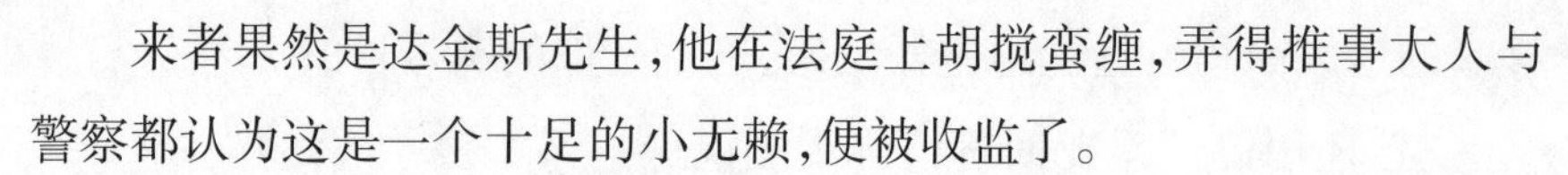

来者果然是达金斯先生,他在法庭上胡搅蛮缠,弄得推事大人与警察都认为这是一个十足的小无赖,便被收监了。

诺亚目睹了这一幕,又看着他给单独关进一间小小的囚室,才飞快地朝与贝兹少爷分手的地方赶去。他俩一块儿匆匆离去,替费金先生带去了令人鼓舞的消息。

第十二章

诺亚先生一上阵就立了个“大功”。南希姑娘因为向露丝小姐通风报信,惨死在赛克斯手中。

南希姑娘虽然无法与多年来的伙伴一刀两断,但还是能够抱定一个目标,决不因为任何顾虑而回心转意。她已经横下一条心。

星期天夜里,附近教堂的钟声开始报时。赛克斯与老费金在聊天,南希姑娘蜷缩着身子坐在一个矮凳上,她抬起头来,听了听。十一点。

费金扯了一下赛克斯的衣袖,指指南希,她戴上软帽,正准备离开房间。

“哈啰。”赛克斯大声地说,“南希,还要上哪儿去啊?”

“我不舒服,我跟你讲过的,”姑娘答道,“我想吹吹凉风。我要上街。”

“你休想出去。”赛克斯一口拒绝,站起来锁上房门,又扯下她头上的软帽,“行了,给我安安静静待在老地方吧,好不好?”

“你是要把我逼上绝路啊,”姑娘双手按在胸脯上,似乎想竭力压住满腔怒火,“你放我出去,听见没有,马上。”

“胡说八道!你要是还疯得没个边,我敢把你的手脚一只一只砍下来。”赛克斯吼叫着,粗暴地抓住她的胳膊。

“除非你让我出去,除非你让我出去!”姑娘尖叫着。赛克斯看了一会儿,突然抓住她的双手,任凭她挣扎扭打,把她拖进隔壁小屋。她

轮番挣扎，哀求，直到钟敲十二点，她折腾得筋疲力尽，这才不再坚持原来的要求。赛克斯一通咒骂，便扔下她回到费金那儿。

“哎呀。”这个专门入室抢劫的家伙擦了擦脸上的汗水，说道，“真是个稀奇古怪的小娘儿们。”

“你可以这么说，比尔，”费金若有所思地答道，“你可以这么说。”

“她要是再这样闹腾，我就给她放点血。”赛克斯说。

费金点点头，对这种方法表示赞同。

这时，南希姑娘出来了，她回到先前的座位上，两只眼睛又红又肿，过了一会儿，她忽然放声大笑。

“哟，她现在又换了一个花样。”赛克斯大叫起来，惊愕地看了同伴一眼。

费金点点头，示意赛克斯暂时不要理她。过了一会儿，姑娘恢复了平常的样子。费金咬着赛克斯的耳朵说，不用担心她发病了，然后拿起帽子，和他道了晚安。

费金朝自己的住处走去，一门心思全用在脑子里那些进进出出的鬼点子上。他已经看出南希不堪忍受那个强盗的粗暴对待，打算另寻新欢。她新结识的那位相好不在他那班忠心耿耿的部下当中。果真如此，此人完全可能成为一棵非常宝贵的摇钱树。

还有一个目的，一个更为阴险的目的必须达到。赛克斯知道的事太多了，“只要劝说一番，”费金思忖道，“她会不答应给他下点毒药？那姑娘杀了人，把柄攥在我手里，往后怎么摆布她还不得由着我。”

第二天，费金老头儿一清早就起来了。他焦躁地等候着自己的新伙计露面。

“昨天你干得不赖，亲爱的，”诺亚到了后，费金说道，“真棒。替我办件事，亲爱的，这事需要非常小心谨慎。”

“我说，”波尔特回答，“别要我去冒险，我先跟你说一声。”

“这事一点危险也没有，连最小最小的危险也没有，”老费金说，“不就是和个女人玩玩捉迷藏。”

“是个老婆子?”克雷波尔先生问道。

“年轻的。”费金回答。

“这可是我的拿手好戏,我有数。”诺亚说道,“我在学校里就是公认的告密老手。我干吗要盯她的梢?要不要——”

“什么事也不用做,只要告诉我,她去了什么地方,碰见谁,她说了些什么。把你探听到的情况统统给我带回来。”

“你付我多少钱?”诺亚放下杯子,眼睛紧盯着自己的雇主。

“只要你干得好,我付你一个英镑,亲爱的,一英镑。”费金说道。

“她是什么人?”诺亚问道。

“我们的人。”

“哦哟。”诺亚把鼻子一皱,嚷道,“你疑心她了吧,是不?”

“她交了些个新朋友,亲爱的,我必须弄清楚他们是什么人。”费金回答。

“明白了,”诺亚说道,“纯粹是了解他们,看他们是不是正派人,啊?哈哈哈!愿为阁下效劳。”

“我知道你会的。”费金见自己的计划成功了,大为高兴。

“当然,”诺亚回答,“她在什么地方?我上哪儿等她?”

“听我的好了。我会在适当的时候把她交代给你,”费金说道,“你做好准备,亲爱的,其余的事交给我来办。”

星期天晚上,教堂的钟声敲十一点三刻的时候,两个人影一先一后出现在伦敦桥上。走在前边的是个女人,她急切地四下张望,像是在寻找某一个预期的目标。另一个男人的身影鬼鬼祟祟,一路上尽量走在最阴暗的影子底下,他不时调节自己的步伐,与那个女的保持一定的距离。

十二点敲过不到两分钟,一个少女由一位鬓发斑白的绅士陪伴着,从一辆出租马车上下来,径直往桥上走来。他们刚踏上便道,姑娘猛然惊起,立即迎上前去。

他们一起缓步走上桥,就在这时,一个乡下人打扮的汉子走到他们跟前,擦身而过。

“不要在这儿,”南希急促地说,“我害怕。上马路外边,到下边石阶那儿去。”

这石阶是一段上下船的石梯,那个乡下人模样的汉子已经神不知鬼不觉地赶到那个地方,就在这当儿,他听到了脚步声,紧接着是几乎近在耳旁的说话声。

他身子一挺,屏住呼吸,聚精会神地听着。

“这下可够远的了,”一个声音说道,显然是那位绅士的嗓音,“你把我们带到这里,干吗不让我们和你在上边谈,那地方有灯,又有人走动,却偏要引我们到这个荒凉的黑窟窿里来?”

“我刚才告诉过你,”南希回答,“我害怕在那儿和你说话。不知道怎么的,”姑娘说话时浑身直哆嗦,“今天晚上我真是怕极了,站都站不稳。”

“上个星期天晚上你没来这里。”他说道。

“我来不了,”南希回答,“硬给留下了。”

“被谁?”

“我以前跟小姐说过的那个人。”姑娘回答,“我离开他可真不容易,上一次要不是我给他服了一点鸦片酊,我也见不着梅莱小姐了。”

“梅莱小姐,”老先生开口了,“把半个月以前你说的事,告诉了我和另外几位可以完全信赖的朋友。坦率地说,一开始我很怀疑,但现在我深信你是靠得住的。”

“我靠得住。”姑娘真诚地说。

“为了证明我们对你的信任,我要毫无保留地告诉你,我们打算从孟可司着手,逼他说出秘密,不管这是个什么秘密。但如果,”老先生说,“不能把他逮住,或者逮住了,却无法迫使他按我们的意图行事,你就必须告发那个老头。”

“费金!”姑娘猛一后退,发出一声惊叫。

“你必须告发那个人。”老先生说道。

“我不干。我绝不会干这种事!”姑娘回答,“虽说他是个魔鬼,我也绝不会干这种事。”

“既然如此,”老先生随即说道,似乎这正是他要达到的目的,“那就把孟可司交给我,由我来对付他。”

“要是他供出别人怎么办?”

“在这种情形下,只要他说出真相,事情就算作罢,奥立弗的简短经历当中一定有种种变故。一旦真相大白,他们也就脱离干系了。”

“孟可司会不会明白你们是怎么知道这些事情的?”姑娘略略顿了一下,问道。

“绝对不会,”老先生回答,“他根本无从猜测。”

“我是个骗子,从小就生活在骗子中间,”姑娘再度沉默下来,过了一会儿,她说道,“但我相信你的话。”

从他们二位口中得到她尽可放心的担保之后,她开始描述他的外貌特征。

“他个儿高高的,”姑娘说道,“长得很结实,不胖,走路的样子鬼鬼祟祟的。因为他的眼睛往里凹,比哪一个男人都深得多,你单凭这一点就完全可以把他认出来。脸黑黑的,头发和眼睛也一样。也就二十六岁,或者二十八岁吧。他一抽筋就不得了,有时候咬得手上满是伤痕——你干吗吓一大跳?”姑娘说着,猝然停下来。

老先生连忙回答,他这是无意识的动作,请她继续说下去。

“还有,”她补充说,“他的脖子,他转过脸去的时候,多多少少可以看到一点儿,那儿有——”

“一大块红斑,像是烧伤或者烫伤。”老先生大声说道。

“怎么回事?你认识他!”姑娘说。

“我想是的,”老先生说,“根据你的描述理应如此。”

他装出若无其事的样子,朝前走了两步,离藏在暗处的密探更近了,后者清清楚楚地听到他低声说道:“肯定是他。”

离破晓差不多还有两小时,这一时辰确实可以称为死寂的深夜。

在这样一个万籁俱寂的时刻,费金留守在自己的老巢里。他五官扭曲,脸色苍白,两眼通红,与其说他像人,不如说更像个狰狞可怕的幽灵,浑身湿漉漉地刚刚从墓穴里爬出来。

地板上,诺亚·克雷波尔直挺挺地躺在一张垫子上边,睡得正香。老头儿间或朝他瞧一眼,他为自己那套妙计落空而懊恼,恨那个胆敢与陌生人勾勾搭搭的姑娘。一个个邪恶的设想,一个个晦暗的意念在他心里翻腾。

赛克斯夹着一包东西回来了。

"喏。"他把东西放在桌上,"看看这个,收好喽,尽量多卖点钱。好不容易才搞到的。"

"我有话要对你说,比尔,"费金说着,阴沉地看看赛克斯,"假定哪个臭小子,要去告密,把我们大伙儿全捅出去。你打算怎么办?"

"怎么办!"赛克斯发出一句恶毒的诅咒,"他要是在我面前,我就把他的脑袋碾成碎片,他有多少根头发,碎片就有多少块。"

"诺亚,把那事再讲讲,再讲一遍,也让他听听。"老犹太踢了一下诺亚,说着,指了指赛克斯。

"讲什么呀?"睡意正浓的诺亚老大不高兴地扭了扭身子。

"那件有关南希的事。"费金说着,一把握住赛克斯的手腕,像是为了防止他没听出个究竟就冲出去似的。

诺亚搔了搔头皮,把南希到伦敦桥与两个陌生人碰头的事又说了一遍。

"她说了些什么?"费金嚷嚷道,"她从前向他们提起过比尔,她还说了比尔什么? 告诉他。"

"噢,说是她轻易出不了门,"诺亚说,"所以,头一次去见那位小姐,她给他用了一点儿鸦片酊。"

"去他的!"赛克斯大吼一声,猛力挣脱老犹太的手,"闪开!"

他把费金老头摔到一边,奔出房间,怒不可遏地登上楼梯。

"比尔,听我一句话,"费金慌忙跟了出去,他意识到眼下一切花言巧语都已无济于事，“为了安全起见，别太莽撞。利索些，比尔，别太冒失。”

赛克斯没有搭腔，他用力拉开大门，向静悄悄的街上冲去。

这强盗一路狂奔，来到了家门口。他轻轻打开门，快步跨上楼梯，走进自己的房间，在门上加了双锁，又把一张很沉的桌子推上去顶住门，然后掀开床帘。

南希姑娘衣装不整地躺在床上。赛克斯将她从睡梦中惊醒了，她吃惊地睁开眼睛，慌忙支起身来。

“起来！”那家伙说道。

“原来是你啊，比尔。”姑娘见他回来，显得很高兴，“你干吗这样瞧着我？”

那强盗朝她打量了几秒钟，突然卡住姑娘的头和脖子，将她拖到屋子中央，一只大巴掌捂在她的嘴上。

“比尔，比尔。”姑娘透不过气来，拼命挣扎，死亡的威胁给她带来了力气，“我不会喊叫的，一声也不叫。你到底怎么啦？”

“你心里有数，你这个鬼婆娘。”那强盗大声喘着气，“今天晚上你给盯上了，你说的话句句都有人听着！”

“那么，看在老天爷分上，你就饶我一命吧，就像我也曾经饶了你的命一样。”姑娘搂住他，“比尔，亲爱的比尔，你不会忍心杀我的。噢，想想吧，单是这一个晚上，为了你，我放弃了一切。比尔，看在仁慈的上帝分上，为了你自己，也为了我，不要让你的手沾上我的血。我凭着自己有罪的灵魂担保，我对得起你。”

汉子暴跳如雷，想挣脱姑娘的双臂，不管他怎么扭扯，也没法掰开她的胳膊。

“比尔，”姑娘哭喊着，“今晚那位老先生，还有那位可爱的小姐，答应替我在外国安一个家，让我清静安宁地过完这一辈子。我再去找他们，求他们对你也发发慈悲，让我们俩离开这个可怕的地方。悔过永远不会太晚，他们对我就是这样说的。”

那个强盗终于腾出一条胳膊,握住了他的手枪。照着姑娘仰起的面孔用枪柄猛击了两下。

她身子一晃倒了下去,鲜血从伤口里涌出,但她吃力地挺身跪起来,从怀里掏出一条白色的手绢(那是露丝·梅莱送给她的),高高地朝天举起,向创造了她的上帝低声祈祷,恳求宽恕。

这幅景象看上去太可怕了。凶手跌跌撞撞地退到墙边,一只手遮住自己的视线,另一只手抓起一根粗大的棒子,将她击倒。

南希发出一声呻吟,躺在那里,仅仅剩下的,无非是血肉之躯,可那是什么样的肉,那么多的血啊!

凶手逃出了那所房子。当他走上空荡荡、黑黢黢的大路时,一种恐怖的感觉悄悄爬上心头,他浑身里里外外都哆嗦起来。

黑暗之中,出现了一双睁得大大的眼睛,那样暗淡,那样呆滞,与他偷偷溜走时看见的一样。

谁也不要说什么凶手可以逍遥法外,老天没长眼睛。

第十三章

布朗罗先生与孟可司会面，关于奥立弗的秘密在这里真相大白。

暮色刚开始降临，布朗罗先生乘坐出租马车，在自己的家门口下了车。两个虎彪彪的汉子从车厢里一左一右夹着一个人匆匆进了屋子。这个人就是孟可司。

“你抓紧时间，”布朗罗先生说道，“我只要说一句，选择的机会就将一去不返。”

“这么说——”孟可司吞吞吐吐，“就没有折中的办法了？”

“没有。”

孟可司焦躁地注视着老绅士，在对方的表情中看到的唯有严厉与决心。他走进房间，耸了耸肩，坐下去。

“从外边把门锁上，”布朗罗先生对两名随从说，“听见我摇铃再进来。”

那两人应声退了出去，布朗罗先生和孟可司单独留下来。

“先生，”孟可司摔掉帽子、斗篷，说，“绝妙的招待，这还是我父亲交情最深的朋友。”

“正因为我是你父亲交情最深的朋友，年轻人，”布朗罗先生答道，“正因为我的青年时代的希望与抱负都是与他联系在一起的，从那时起，我的心就一直拴在他身上，直到他去世，尽管他经受了种种考验，铸成了种种大错。因为我心里充满了往日的回忆，甚至一看见你，就会勾起我对他的思念。正因为这种种缘故，直到现在，爱德华·黎福特,我还身不由己,对你这样客气,并且因为你辱没了这个姓氏而感到脸红。"

"这跟姓氏有什么相干?"孟可司说,"这个姓氏跟我有什么关系?"

"没有什么关系,"布朗罗先生回答,"和你毫不相干,很好。你改名换姓了,我非常高兴,非常高兴!"

"这一切倒挺不错,"孟可司(这里姑且保留他的化名)沉默了半天才说,"你找我到底有什么事?"

"你有一个弟弟,"布朗罗先生打起精神说道,"只要轻轻说一声他的名字,你就会沉不住气。"

"我没有弟弟,"孟可司回答,"这一点你我都清楚。"

"你还是听听我从头说起吧。"布朗罗先生说,"你那个倒霉的父亲当时还非常年轻,在门阀观念逼迫下结了一门不幸的婚姻,而你又是这门亲事唯一的,也是极不自然的结果。"

"你的话很难听,可我并不计较,"孟可司嘲弄地笑了笑,插嘴说,"你知道情况,这对我已经足够了。"

"我知道,"老绅士继续说道,"这不幸的一对各自套着沉重的枷锁,度日如年,过得是何等的厌倦,这对于两个人来说都是有害的。"

"对,他们分居了,"孟可司说道,"那又怎么样呢?"

"他们分居了一段时间,"布朗罗先生回答,"你母亲在欧洲大陆纵情享乐,完全把足足小她十岁的丈夫给忘了,而你父亲眼看前途无望,一直在国内徘徊不定,他结交了一班新朋友。这一点你是知道的。"

"我不知道,"孟可司说着,将目光转向一边,摆出一副概不认账的样子,"我不知道。"

"你非但没有忘记,而且始终耿耿于怀,"布朗罗先生回答,"我说的是十五年以前,当时你不过十一岁,而你父亲只有三十一岁。那些使你父亲的名声蒙上阴影的事情,是不是你自己告诉我?"

“我没有什么好说的。”孟可司说道。

“那只好我来说了。当时,那班新朋友中,”布朗罗先生说道,“有一个如花似玉的十九岁姑娘。”

“这跟我有什么关系?”孟可司问。

“他赢得了那个纯洁无瑕的姑娘的芳心,那是她的第一次,也是唯一的一次真挚而火热的爱情。”

“你的故事还真够长的。”孟可司烦躁地说道。

“这个真实的故事充满忧伤、苦难和不幸,年轻人,”布朗罗先生回答,“你父亲去了一趟国外,在当地得了一种绝症。消息一传到巴黎,你母亲就带着你去见他,她到的那一天,你父亲就死了,没有留下遗嘱,于是全部财产落入你们母子的手中。”

“他出国之前,路过伦敦时来找过我,留下了一些东西,其中有一幅画像,是他亲笔为那个可怜的姑娘画的肖像,他不愿意把画丢在家里,但旅途匆匆,又没法带在身边。焦虑悔恨之下,他瘦得形销骨立。他谈到了自己造成的祸患与耻辱,说把全部财产变卖成现钱,从此离开英国,永不回来。我虽然是他的老朋友,他也没有进一步倾吐衷肠。但我完全估计到了,他不会只身出走。他答应写信,把一切都告诉我,但我没有收到信,也再没有见到他。”

“等到一切都结束了,”布朗罗先生略微顿了一下,说道,“我到他结下那笔孽债的地方去了,我打定主意,如果我的担心变成了现实,也要让那位姑娘找到一个可以栖身的家,找到一颗能够同情她的心。那家人已经在一个星期前搬走了,上哪儿去了,谁也不知道。”

孟可司畅快地舒了一口气,带着微笑回头看了一眼。

“你的弟弟,”布朗罗先生把椅子朝对方挪近了一些,说道,“你同父异母的弟弟,是个受人鄙视的孩子,一只比机缘更强有力的手把他推到我面前。”

“什么?”孟可司嚷起来。

“是我把他从罪恶可耻的生活中救出来的,”布朗罗先生说道,

“他被我救出来后，住在我家里养病。他与我前边谈到的那幅画上的姑娘长得很像，使我大吃一惊。尽管他浑身污垢，可怜巴巴的，但他脸上有一种若隐若现的神情，我似乎在一场真真切切的梦境里猛然发现了老朋友的身影。我用不着告诉你，我还没弄清他的来历，他就被人拐跑了——”

“干吗不说呢？”孟可司赶紧问了一句。

“因为这事你心里有数。”

“我？”

“抵赖是无济于事的，”布朗罗先生回答，“我会让你明白，我知道的不只这一件事。”

“你……你没法证明有什么对我不利的事情，”孟可司结结巴巴地说，“量你也没那么大本事。”

“走着瞧吧，”老绅士用犀利的目光看了他一眼，回答，“我失去了那个孩子，虽然我多方努力，还是没有找到他。你母亲已经死了，我知道，只有你能解开这个谜，只有你一个人。但我多方打听，却没能见到你。”

“你现在见到我了，”孟可司大着胆子站起来，“那又怎么样？你凭空想象，一个小鬼跟一个死人无聊时胡乱涂几笔的什么画长得有点像，就可以证明了？硬说是我的弟弟。你甚至搞不清那一对情种有没有生过孩子，你根本搞不清楚。”

“我过去确实不清楚，”布朗罗先生也站了起来，“可是过去半个月里，我一切都打听清楚了。你确实知道有一个弟弟。而且认识他。遗嘱本来也有，被你母亲销毁了，她临终的时候把这个秘密和得到的好处留给了你。遗嘱里提到一个孩子，可能成为这一可悲的结合的产物，那个孩子后来还是生下来了，又叫你无意之中碰上了。最早引起你疑心的就是他长得很像他父亲。你去过他的出生地。那儿存有关于他的出生及血统的证明，那些证据被你销毁了，你对和你联手的那个犹太人说过。‘仅有的几样能够确定那孩子身份的证据扔到河底去了，从他母亲那儿把东西弄到手的那个老妖婆正在棺材里腐烂哩。’不肖之子，懦夫，骗子！你跟一帮盗贼、杀人犯策划于密室之中。你的阴谋诡计使一个比你们好一百万倍的姑娘死于非命。你，自幼就伤透了你父亲的心，邪念、罪孽、淫欲，这一切都在你身上滋生、蔓延，直到变成一种可怕的病态！你，爱德华·黎福特，你还敢跟我顶？”

“不，不，不！”这个懦夫终于被对方一一历数的控诉击垮了。

“每一句话！”老绅士呵斥道，“你跟那个该死的恶棍之间说的每一句话我都知道。看到那个孩子备受虐待，连一个堕落的姑娘也幡然醒悟，给了她勇气和近乎美德的品性。可她被残忍地杀害了，即便你不是事实上的同谋，但在道义上你难逃罪责。”

“不，不，”孟可司连忙否认，“那件事我一点也不知道。”

“这只是你的阴谋诡计的一部分，”布朗罗先生答道，“你愿意全部讲出来吗？”

“我，我愿意。”

“你愿不愿意写一份说明事实真相的供词，再当着证人的面宣读？”

“这，我答应。”

“你老老实实待在这里，等笔录写好了，跟我一块儿去作一下公证，怎么样？”布朗罗先生步步紧逼。

“如果你一定要那么着，我照办就是了。”孟可司回答。

“你必须做的还不止这些，”布朗罗先生说道，“你必须对一个无辜受害的孩子做出赔偿，尽管他是一笔孽债的产物。你没有忘记遗嘱的条款。你必须将关于你弟弟的条款付诸实施，然后你爱去哪里就去哪里。”

孟可司脸色阴沉，无计可施，正处在恐惧和仇恨的两面夹攻之中。这时，罗斯伯力先生兴奋不已地走进房间。

“那个凶手即将被捕，”他嚷着说，“今晚就会抓住他。”

“太好了！”布朗罗先生兴奋地叫道。

“密探已经把各个路口都把住了。”大夫说，“奉命捉拿他的人告诉我，他跑不了。政府已经出了一百英镑的赏格。”

“只要我来得及赶到，我一定再加五十，并且亲口当场宣布。”布朗罗先生说道，“梅莱先生在什么地方？”

“你说哈利？”大夫回答，“他骑马直奔郊区，在那儿参加头一拨搜索部队。”

“费金呢，他怎么样了？”布朗罗先生说。

“我刚听说还没抓住，可他跑不掉。说不定现在已经抓住了。”

“你拿定主意没有？”布朗罗先生转向孟可司问道。

“拿定了，”他回答，“你，你能替我保密吗？”

“我答应。你待在这儿等我回来。这可是你要想平安无事的唯一希望。”

他们离开了房间，门重新锁上了。

“你进展如何？”大夫打着耳语问了一句。

“我指望办的都办到了。我一点也没给他留下退路，将他的卑劣行径全部摊开，事实非常明朗。我的血一直在沸腾，一定要替那个可怜的姑娘报仇。他们走的哪一条路？”

“你马上赶到警察局，还来得及，”罗斯伯力先生回答。“我留在这儿。”

两位绅士匆匆分手，兴奋得难以抑制心中的激动。

第十四章

老恶魔费金终于被逮捕，并被判绞刑。凶手赛克斯也得到了应有的下场。

这是泰晤士河分出来的一条港湾，在满潮时打开水闸，水就满了起来。木板房子悬在烂泥臭水之中，房子摇摇欲坠，墙壁污秽不堪，触目惊心的贫困，令人恶心的污垢、腐物和垃圾，这就是这条被称为荒唐沟的风光。

这些房子里有一座破败的孤楼，在二楼的一个房间里，托比、基特宁和一个从海外逃回来的名叫凯格斯的流放犯愁眉苦脸地坐在一起。

沉默了一阵之后，托比·格拉基特，绝望地转向基特宁说道："费金是什么时候给抓去的？"

"今天下午两点钟正是吃午饭的当儿，克雷波尔也被抓住了。"

"蓓特呢？"

"可怜的蓓特。她跑去看南希的尸首，说是去告个别，"基特宁答道，"一下就疯了，又是尖叫又是说胡话，拿脑袋直往墙上撞，他们只好带她上医院了。"

"贝兹少爷怎么样？"凯格斯问。

"在附近转悠，他很快就会来的，"基特宁回答，"瘸子店那儿的人全部被拘留，我跑到那儿去看到，里边全是密探。"

"这是一次大扫荡，"托比咬着嘴唇说道，"全完了！"

"审判一结束，"凯格斯说道，"他们可以判定费金绞刑，再过六天他可就要荡秋千了。”

突然，楼下响起一阵急促的敲门声。

格拉基特下楼开门，带回来一个幽灵般的人，原来是赛克斯。

“今天的晚报说费金被捕了。”赛克斯见大家一声不吭，终于开口问道，“真有这事？”

“真的。”

他们再度沉默下来。

这时查理·贝兹回来了。赛克斯正对门坐着，少年刚一进屋，迎面就看见了他。

“让我到另外哪一间屋子里去。”少年不住地往后退，说道。

“查理。”赛克斯说着，朝前走去，“你难道不认识我了？”

“别靠近我，”贝兹眼里含着恐惧，盯住凶手的脸，答道，“你这个坏蛋。”

汉子走了两步便停住了，彼此四目对视，结果，赛克斯的眼睛渐渐垂下了。

“你们三个人作证，”少年挥动着紧握的拳头，激动地大声说道，“我不怕他，如果他们上这儿来抓他，我就把他交出去。这个凶手，哪怕他为这事杀死我，我也要把他交出去。杀人啦！救命啊！把他抓起来！杀人啦！救命啊！”

少年大喊大叫，一头朝那个大汉扑了上去，把赛克斯撞倒在地。

三位旁观者呆若木鸡，少年毫不理会赛克斯雨点般的拳头，使出浑身的劲头，不停地呼救。

“救命啊！”少年尖声喊叫起来，声音划破夜空，“凶手在这儿呢。把门砸开！”

“我们奉命到此捉拿凶犯！”有人在外边大声喊道。无数愤怒的人声汇成一片鼓噪声。

“把门砸开！”少年尖叫着，“砸门砸门！”

楼下的大门和窗板上响起密集而沉重的撞击声。

“找个什么地方，把这尖声怪叫的小鬼关起来，”赛克斯杀气腾腾地喝道，拖着少年跑到另一个房间，把少年扔了进去，锁上门。“楼下的门牢不牢?”

格拉基特和另外两个人束手无策，不知所措。

“见你的鬼。”这歹徒豁出去了，他把窗格推上去，恶狠狠地冲着人群嚷道，“随你们怎么着吧。来抓我吧!”

外边大声吆喝，要点火烧房子，叫警察开枪，人群不时齐声发出愤怒的鼓噪。

杀人犯慌里慌张地找了一根绳子，匆匆爬上房顶。

当他好歹从顶楼上的门里钻出来，出现在房顶上的时候，一阵高亢的呼喊响了起来，汇成一股奔腾的激流。

“这下逮住他啦，”一个男子在最近的那座桥上嚷道，“太棒了。”

“谁要是活捉了杀人犯，我一定赏五十镑，”一位老绅士喊道，“我一定在此恭候领赏的人。”

又是一阵欢呼。大门终于撞开了，那个汉子无计可施，他完全给镇住了。他一边把绳子的一端绕在烟囱上，一边用双手和牙齿将另一端挽成一个结实的活套，他准备利用绳子垂落，落下去，从荒唐沟上逃走。就在这一瞬间，凶手突然发出一声恐怖的惊叫。

“那双眼睛又来了!”他尖声呼喊着，犹如鬼哭狼嚎。

他打了一个趔趄，仿佛被闪电击中了一样，接着便失去平衡，从墙上栽了下去。他的脖子拴在活套上，离弦的箭似的往下落，突然猛地打住，四肢可怕地抽搐了一下。他吊在那儿，渐渐僵硬的手里握着一把打开的折刀。

第十五章

关于奥立弗以及露丝小姐的好几个谜团终于解开。

两天后的下午,奥立弗登上一辆旅行马车,朝着他出生的小城飞驶而去。和他同行的有梅莱夫人、露丝、贝德温太太和那位好心的大夫。布朗罗先生带着孟可司乘的是后边一辆车。

"瞧那儿,那儿!"奥立弗急切地抓住露丝的手,指着车窗外边,嚷着说,"那个栅栏是我经常爬的,再过去有一条小路,通往我小时候待过的那所老房子。"

马车终于到了镇上,这时要让奥立弗不要过于兴奋是不可能的。这边是苏尔伯雷的棺材铺,那边就是济贫院,他童年时代可怕的牢笼。他们照直开到那家头号旅馆。格林维格先生做好了接待他们的一切准备。罗斯伯力先生、格林维格先生、布朗罗先生和一个男人走进房间,奥立弗一见此人便大吃一惊,险些叫出声来。原来这正是自己在集市上撞见,后来又跟费金在那间小屋的窗口张望的那个人。他们告诉他,这人是他的哥哥。孟可司将仇恨的目光投向惊讶不已的奥立弗,在门边坐了下来。

"这个孩子,"布朗罗先生手里拿着几份文件,把奥立弗拉到身旁,对孟可司说道,"是你的异母兄弟。是你父亲、我的好朋友埃德温·黎福特的非婚生儿子,可怜他母亲,小艾格尼丝·弗莱明,生下他就死了。"

"遗嘱,你们的父亲留下了一份,"布朗罗先生接着说道,"上边谈到了妻子给他带来的不幸，还谈到你顽劣的性格和过早形成的邪恶欲望，你是他唯一的儿子，可你受到的调教就是仇恨自己的父亲。他给你和你母亲各留下了八百英镑的年金。其他财产分为两份：一份给艾格尼丝·弗莱明，另一份给他们的孩子，但他在未成年期间绝对不能以任何不名誉的、下作的、怯懦的或是违法的行为玷污他的姓氏。他说，立下这样的遗嘱，是为了表明他对孩子母亲的信任和他自己的信念，他相信孩子一定会继承她高尚的品性。万一他希望落空，到时候这笔钱就归你。因为只有到了那个时候，也就是两个儿子都成了一路货的时候，他才承认你有优先继承权。”

房间里一片沉寂。

“小姐，”布朗罗先生转向露丝说道，“你用不着害怕，听一听我们不得不讲的最后几句话。”

“不幸的艾格尼丝，她父亲有两个女儿，”布朗罗先生说道，“这是他的小女儿，一户穷苦农民，把她收养下来，她就是小奥立弗的姨妈！”

“你不是姨妈，”奥立弗伸出双臂，搂住露丝的脖子，喊叫着，“我要叫你姐姐，露丝，我亲爱的好姐姐。”

两个孤儿长时间地紧紧拥抱，泪水滚滚流淌，命运使他们历尽了人世间的种种磨难，现在，他们终于走向了新生活。

第十六章

费金在人世的最后一夜。

法庭到处都挤满了人，所有的目光都注视着费金。仿佛天地之间布满闪闪发光的眼睛，将他整个包围起来。他站在被告席里，一只手罩着耳朵，脑袋朝前伸出，仔细地听着主审法官在向陪审团陈述对他的指控。当他听到主审法官用清晰得可怕的声音历数对自己不利的那些事实时，他便转向自己的诉讼代理人，默默地哀求他无论如何也要替自己辩护几句。开庭以来，他就几乎没有动一下。法官的话说完了，他却依然全神贯注，紧张地盯着主审法官。

法庭上响起一阵轻微的喧闹。他看见陪审团凑到一块儿，正在斟酌他们的裁决。他的目光不知不觉落到旁听席上，他看得出，人们对他明摆着一副厌恶的脸色，没有哪一张面孔带有对自己一丝一毫的同情，看到的只有一个共同的企盼，那就是对他绳之以法。

他的心一刻也没摆脱沉重的压抑感。坟墓已经在他的脚下张开大口。他哆哆嗦嗦，因想到即将到来的死亡而浑身发软。接着，他想起了绞刑架和断头台。

有人喊了一声“肃静”。人们屏住呼吸，不约而同地朝门口望去。陪审团回来了，一阵可怕的吼声响遍了大楼。法庭内外的民众发出一片欢呼，被告罪名成立！

喧闹声慢慢平息后，有人问费金还有什么要说的没有。费金又摆出了那副凝神谛听的姿势，专注地看着问话人，直到问题重复了两遍，他才似乎听明白了,接着只是咕哝着自己上了年纪……一个老头……声音越来越小,直到再也听不见。法官的讲话庄重严肃,扣人心弦,判决听上去令人毛骨悚然。他纹丝不动,站在那里,那张憔悴肮脏的面孔仍旧朝前伸着,两眼直瞪瞪地望着前边。法官说的那一席话他似乎连一句也没听清,但一会儿,他便全都明白了,判处绞刑,就地正法,这就是结局。判处绞刑,就地正法。

他被带回了死刑犯牢房。天黑下来了,他开始回想所有那些死在绞刑架上的熟人,其中有些人就断送在他的手中。他曾目睹其中的一些人死去,看到那块踏板"咔嗒"一声掉落下来,顷刻之间他们就从身强体壮的汉子变成了在半空中晃荡的衣架。

夜晚来临了,漆黑、凄凉、死寂的夜晚。教堂传来了报时的钟声,预告着生命与来日。对他来说,钟声带来的却是绝望,每一下都送来那个声音,那个低沉、空洞的声音——死亡。这不过是一种丧钟,警告之中添上了嘲弄。他只能再活一夜了。当他意识到这一点时,天已经破晓——礼拜天到了。

这可怕的最后一夜,一种濒临绝境的幻灭感向他那晦暗的灵魂全力袭来,死亡近在眼前。他醒着坐在那里,却又在做梦。他时时惊跳而起,嘴里喘着大气,浑身皮肤发烫,慌乱地跑来跑去,恐惧与愤怒骤然发作,连那两名看守也胆战心惊地躲着他。他蜷缩在石床上,回想着往事。被捕那天,他被人群中飞来的什么东西打伤,红头发披散在毫无血色的脸上,胡须给扯掉了不少。钟声一次又一次地响起,八点,九点,十点,十一点。前一个小时的钟声刚刚停止轰鸣,钟又敲响了。再过几个小时,他将成为自己的葬礼行列里唯一的送丧人。

从黄昏直到午夜,人们三三两两来到监狱门口,神色焦虑地打听有没有接到什么缓期执行的命令。得到了否定的回答,他们又将这个大快人心的消息传到大街上的人群。监狱前边的空场已经清理出来,绞刑台将搭在这里。几道结实的黑漆栅栏横在马路上,以防到时人群的挤压。这时,布朗罗先生和奥立弗出现在木栅入口,他们出示了一份准予探访犯人的指令,便立刻被让进了监狱接待室。

“这位小绅士也进去吗,先生?”替他们引路的警察说道,“这种情形不适合小孩子看,先生。”

“的确不适合,朋友,”布朗罗先生回答,“但我与这个人的事情同他密切相关。并且,在这个人得意忘形、为非作歹达到顶峰的时候,这孩子见过他,所以我认为不妨,即使需要忍受一定程度的痛苦和惧怕也是值得的。”

狱警颇为好奇地看了奥立弗一眼,带着他们穿过阴暗曲折的通道,往牢房走去。

死刑犯坐在床上,身子摇晃着,脸上的表情不大像人,倒像是一头掉入陷阱的野兽。他的心思显然正在昔时的生活中游荡,嘴里不停地喃喃自语,除了把他们的到来当作幻觉的一部分外,什么也没有意识到。

“好小子,干得漂亮,”他嘴里咕噜着,“哈哈哈!奥立弗,整个是一位上等人了。”

狱警拉着奥立弗的手,嘱咐他不要惊慌。

“带他睡觉去!”费金高声嚷道,“你们听见没有?他就是所有这些事情的起因。”

“费金!”狱警开口了。

“在!”老费金转眼间又恢复了受审时那副凝神谛听的姿势,大声说道,“我老了,大人,一个很老的老头儿。”

“喂,”狱警说道,“有人来看你。费金,费金,你还是不是人?”

“我就要永世不做人了,”他抬起头来回答,脸上看不到一点人类的表情,“把他们全都揍死。他们有什么权利绞死我?”

忽然间,他一眼看见了奥立弗与布朗罗先生。他身子颤抖了一下,退缩到角落里。

“你手头有份文件,”布朗罗先生上前说道,“是一个叫孟可司的人交给你的。”

“不,不,”费金回答,“我没有文件,什么也没有。”

“看在上帝的分上，”布朗罗先生严肃地说，“死亡正在向你逼近，还是告诉我文件在哪里吧。你知道赛克斯已经送了命，孟可司也招认了，别指望再捞到点什么。那些文件在哪儿？”

“奥立弗，”费金挥了挥手，嚷嚷着，“过来，到这儿来。我告诉你。”

“我不怕。”奥立弗松开布朗罗先生的手，走向那个曾使他胆战心惊的老贼。

“文件，”费金将奥立弗拉到身边，说道，“放在一个帆布包里，在烟囱上边，有个窟窿。我想和你聊聊，亲爱的。你能和我聊聊吗？”

“好的，好的，”奥立弗答道，“我来念一段祷告。来吧。我念一段祷告。你跪在我身边，我们可以一直聊到早晨。”

“我们到外边去，到外边去，”费金拉着奥立弗往门口走，眼睛毫无目标地四下张望，说道，“就说我已经睡着了，他们会相信你的，只要你答应，准能把我弄出去。快呀，快！”

“噢！上帝保佑这个不幸的人吧！”奥立弗放声大哭起来。

“好咧，好咧，”费金说道，“走出这道门很要紧。经过绞刑架的时候，我要是摇摇晃晃，浑身哆嗦，你别在意，赶紧走就是了。快，快，快！”

“先生，您没别的事情问他了吧？”狱警问道。

“没有别的问题了。”布朗罗先生回答。

“快啊，快啊，”费金嚷嚷着，“轻轻地，也别那么慢啊。快一点，快一点！”

奥立弗挣脱了他的手，狱警将费金拉了回去。费金拼命挣扎了一下，随即便一声接一声地喊叫起来。奥立弗和布朗罗先生来到大院里，仍能听到费金死命的喊叫声。

当他们走出来的时候，天已经快亮了。外面空地上挤满了人，人们推来拥去，争吵说笑。一切都显得生气勃勃，唯有这中间的一堆东西除外，黑色的台子，绞架，绞索，以及那些可怕的死刑器具。

第十七章

奥立弗得到了父亲留下的一半遗产。布朗罗先生把他当作亲生儿子收养下来，并带着他和老管家迁往新居。

三个月后，露丝·弗莱明与哈利·梅莱结婚了，地点就在那所乡村教堂。同一天，他俩搬进了幸福的新居。

依照父亲的遗嘱，奥立弗本来有权得到全部财产，但布朗罗先生不愿意剥夺孟可司改邪归正的机会，提出了两人平分的方式，他的那位幼小的被保护人愉快地接受了。

孟可司，依旧顶着这个化名，带上自己得到的那一份财产，到一个遥远的地方去了。在那儿，他很快便把财产挥霍一空，又一次重操旧业，由于犯下一桩欺诈罪被判长期监禁，最终病死在狱中。

邦布尔夫妇被撤职以后，逐渐陷入穷困潦倒之中，最后在他俩一度对其他人作威作福的那所济贫院里沦为贫民。

查理·贝兹少爷叫赛克斯的罪行吓破了胆，他进行了一连串的思考：正派的生活究竟算不算最好的。一旦认定这种生活理所当然是最好的，他便决定告别往昔，改过自新。

布朗罗先生把奥立弗当作亲生儿子收养下来，带着他和老管家迁往新居。日复一日，布朗罗先生继续用丰富的学识充实奥立弗的头脑。随着孩子的天性不断发展，希望的种子已经破土而出，大有可能成为老先生希望看到的那种人，布朗罗先生对他的钟爱也日渐加深。他们是幸福的。如果没有对他人强烈的爱，没有对人世抱有浓厚的仁爱之心，是绝对得不到幸福的。